식물은 사람에게 어떤 존재일까

식물에게 배우는 인문학

식물은 사람에게 어떤 존재일까

식물에게 배우는 인문학

글·사진 이동고

學而思 학이사

사람은 사람을 그리워한다.

사람은 사람을 만나 동무의 정도 나누고 사랑도 하고 행복을 꿈꾼다. 하지만 우정도, 사랑도, 행복도 얻기가 쉽지만은 않다. 사람은 관계가 없으면 살아가기 힘들고 좋은 관계를 얻기가 쉽지 않기에 그걸더 갈구하게 된다. 거대한 나무가 천수를 누리는 기간에 비해 인간이살아가는 생은 짧고, 사랑과 행복을 갈구하는데 많은 비용을 치른다. 행복으로 가는 길은 외나무다리 같고 불행의 나락으로 떨어질 가능성은 천 갈래 만 갈래처럼 보인다.

사람이 경쟁의 물신에 사로잡히고 바라보는 곳이 허황되다면 동무 관계도 연인과의 사랑도 행복도 떠돌 수밖에 없다는 생각을 자주한다.

크리슈나무르티는 사람 간 관계는 '자기를 드러내는 과정일 때에만 진정한 의미'가 있는데, 현대인의 관계는 '그 안에서 자신을 발견하거나 자신을 드러내는 과정이 아닌 그저 자신으로부터 도피하는 수단'일 뿐인 경우가 많다고 했다.

험난한 세상을 살아오면서 누구나 의지처를 찾는다.

기도와 명상에, 혹은 책과 진리에, 또는 세상을 같이 살아가는 사람들에게 잠시 의지를 하지만 자기 삶의 만족과 행복은 누가 대신해 주지 못한다.

잘 통하는 동무가 있으면 좋겠지만 서로가 일상에 바쁘고, 세상은 많이 변해 버렸고, 차나 술 한 잔 기울이며 한동안 눈 맞출 동무마저 귀해져 버린 세상이다. 그럴 때마다 내 의지처가 되어준 곳은 가녀린 풀꽃이고 늠름한 나무였다.

마음이 흔들릴 때마다 계곡과 숲을, 혹은 식물원을 찾았다.

식물은 언제나 생동감 넘치는 에너지로 나를 맞이했고 찾을 때마다 그 자리를 지켜줘 더 든든하게 느껴졌다. 작지만 모든 것을 다 품은 듯한 풀꽃은 팍팍해지기 쉬운 마음을 부드럽게 어루만져 주었다. 늠름한 나무를 볼 때면 의연하게 살아갈 용기를 배우기도 했다. 어떤 관계보다 나 자신을 천천히 돌아보게 만드는 힘을 주었다.

아름답게 피는 꽃들은 신이 내려준 최고의 선물이었다. 인간에게 내려준 최고의 위안이자 비현실적인 황홀이었다. 소복하게 피어난 야생의 꽃들을 만날 때면 허전했던 가슴이 생의 에너지로 채워졌다. 아름다운 그들 모습을 오랫동안 간직하고픈 마음에 카메라에 담았다.

찍어온 사진들을 SNS에 올리면서 좋은 인연을 맺었고 살아가는 즐거움을 얻었다. 이 글은 풀꽃과 나무들에게 조금이나마 신세를 갚는 마음으로 쓴 것들이다.

자연 속에서 식물은 조화롭게 살고 있었지만 조금만 벗어나 우리 인간이 식물을 대하는 생각과 태도는 다분히 실망스러웠다. 그들이 처한 모습은 가장 낮은 위치의 사회적 약자처럼 보였다. '지구의 주인' 인 존재에 그런 취급을 한다는 것에 분노가 일기도 했지만 사람들이 식물에 대해 너무도 모른다는 생각을 했다. 사람들이 식물에 대해 '안다고 생각하는 것' 에도 문제가 있었다. 식물을 알아야만 제대로 사랑도 가능하기에, 경험하고 탐구한 식물에 대한 진실을 전하고 싶었다.

또 식물은 단지 자연과학의 대상에만 머물 존재가 아니라 우리 인간의 역사와 문화, 민속과 정서에 지배적인 존재로서 다양한 이야기를 품고 있어 인문철학적 사유의 대상으로 승격시키고 싶은 생각도 들었다.

식물은 우리가 익히 알던 그런 존재가 아니었다.

식물을 제대로 알고 그들이 해온 일을, 그들이 지금도 하고 있는 일을 제대로 인식하는 것은 지구전체가 위기에 처한 우리에게도 절박한 일이었다.

하지만 언제나 식물은 묵묵히 수억 년간 해온 방식대로 사람에게 잎을 내어 생동감을 주고 화사한 꽃으로 위안을 주며 우리를 감싸주고 있다. 이제 우리가 그들을 제대로 깊이 이해하며 대접해 줄 때다.

이런 사유의 출발은 기청산식물원을 다녔기 때문에 가능한 일이었다. 50년 넘는 세월을 온갖 자생식물로 그득한 철학이 있는 교육식물원을 만들어 오신 이삼우 원장님께 존경을 표한다. 글을 쓰면서 만난 자연을 사랑하는 여러 동무들과 SNS를 통해 교류한 많은 페친들, 사진을 통해 사유의 폭을 확장해 주고 책을 내는 데 도움을 주신 분들께도 감사드린다.

그리고 의미있는 글이라며 격려해 주신 백무산 시인께도 감사드린다. 낯선 공간에서 우연히 만나 내 글의 애독자라고 수줍게 말했던 사람들, 앞으로 만날 독자분들에게도 이 자리를 빌려 먼저 고마움을 전한다.

2021년 12월
이동고

차례

2부 자연과 닮은 조경문화를 꿈꾼다

3부 텃밭과 먹거리

4부 식물의 신비로움

1

식물을
안다는 것

식물을 아는 것이 교양

식물원은 한마디로 말하자면 '식물이 주인'인 공간이다.

식물원에 근무하는 사람은 식물의 성장과 변화를 한시도 놓지 않고 관찰하고 보살피는 일을 한다. 식물원은 그냥 아름다운 공간이라 여기지만 식물원을 만드는 사람들은 평생 자신의 삶을 쏟아부어 가며 비지땀을 흘린다. 하지만 그런 고생도 철따라 피고 지는 꽃들의 향연이 끝도 없이 이어지는 장관을 보며 보람과 위안을 얻는다.

모든 것은 끝이 있는 법. 건조한 바람과 추위가 밀려오면 그해 향연을 접고 식물은 겨울 채비에 바빠진다. 조금씩 변해가는 식물과 꽃들이 부리는 기묘한 연출과 향기에 취하다 보면 식물원은 천상의 나라를 모방한, 인간이 지상에서 만들 수 있는 가장 아름다운 공간이라는 생각이 든다.

하지만 식물원을 벗어나면 식물이 차지하는 위치는 보잘것없었다. 공원에 심은 나무는 영양분이 모자라 궁색하게 자라고, 가로수는

노랑제비꽃. 봄이면 낙엽을 뚫고 피어나는 꽃을 만날 수 있다.

전선 아래 제 키도 제대로 펴지 못하고, 건물 사이 나무는 준공 허가의 불가피한 조경 요소로 초라하게 자라고 있었다.

식물 생리생태를 어느 정도 아는 입장에선, 식물이 자라면서 겪는 고통과 어려움이 피부로 느껴지는 일이었다. 사람들은 꽃이나 나무를 좋아한다지만 실제로 식물이 어떻게 살아가고, 어떻게 해야 식물을 잘 키울 수 있는지, 그들과 더불어 사는 즐거움은 잘 모른 채 꽃이 필 때만 잠시 관심을 두는 정도가 대부분이다. 아니면 어느 식물이 나물해 먹기 좋다거나 무슨 식물이 어떤 병에 좋다거나 하는 인간에게 유익한 기능 중심으로 식물을 대한다.

인간은 태어나서 죽을 때까지 평균적으로 생애의 95% 이상을 실내에서 보낸다고 한다. 여기서 말하는 '실내'란 자연을 벗어나 우리가 갇혀 있는 공간이다. 그 격리된 공간을 우리는 집, 학교, 차, 화장실, 사무실 등으로 부른다. 우리들 경험 역시 자연과 직접적 접촉은 부족해지고 TV 영상 같은 미디어를 통해 만들어지고 있다. 느낌과 정서, 그리고 우리 생각과 가치관도 그렇게 간접적으로 미디어를 통해 프로그램화되는 것이다.

우리는 도시 문명 속에서 살다 보니 자연스러움을 잃어버렸고 바쁘게 살다 보니 한적한 숲이나 공원에서 홀로 시간을 보내는 것이 비사회적인 모습처럼 보이게도 만들었다. 코로나19가 우리 삶에 엄청난 재앙이긴 하지만 사람들이 홀로 성찰하는 문화에 기여한 측면도 있다. 사람들은 각각 이해관계로 무리 짓고 그 모임 이익을 위해 헌신하는 것이 최선의 삶인 양 살아 왔다.

자연을 찾아 자신을 되돌아보는 시간은 부족하고 자기만의 독특한 생각을 키우기보다는 집단에서 소외되지 않을까 노심초사하면서 부유하는 삶을 산다. 여러 식물이 어우러진 자연 속에서 자기 본성을 되찾는 일은 정신적으로나 환경적으로나 세상을 건강하게 만드는 일이다.

식물을 잘 모르는 생태맹의 사람들이 디자인한 공간은 겉은 화려하지만 그 속은 사막처럼 삭막하다.

자연을 이해하고 친해지는 데 있어 식물은 근본이자 기초가 되는 존재다. 식물은 모든 생명체가 기대어 자라는 주춧돌이고 지구 생명체를 먹여 살리는 어미와 같은 역할을 해왔다. 식물은 직접적으로는 많은 산소를 뿜어 동물이 살아갈 터전을 만들었고 우리 먹을거리, 의복, 약재와 의약품, 주택, 종이, 문학, 예술 등 모든 것의 원천이다.

식물은 지구상에 비치는 햇빛의 고작 1% 정도를 이용해 광합성을 하지만 온갖 만물의 먹이이자 서식지이자 동물이 숨 쉴 공기를 만들어 낸다. 식물과 우리 인간은 많은 요소를 공유하고 있다. 우리 날숨으로 나온 이산화탄소를 식물이 들숨으로 흡수하고, 식물 날숨으로 나온 산소를 우리는 들숨으로 쉬고 있어 몸 구성 요소들이 서로 순환적으로 맞물려져 있다. 식물과 인간의 관계는 떼려야 뗄 수 없는 관계다. 식물에 대한 이해와 존중은 사람을 풍요롭게 만들고 주변을 아름다움으로 물들이며 더 나아가 성숙하고 매력적인 인간들을 만들 것이라 확신한다.

루소가 일찍이 외쳤던 "자연으로 돌아가라"는 말은 인간을 '기능

적이고 쓸모 있는 기계'처럼 만드는 것이 아니라 '성숙한 인간'으로 만든다는 것을 강조한 말이었다. 인간이 가진 원래의 선한 마음을 되찾을 수 있도록 자연과 더불어 생생한 경험을 통해 자연스런 성장을 해나가길, 그리하여 마침내 인간 본성을 되찾기를 루소는 바랐다.

하지만 제도교육에서 자연과 생물을 배울 때는 자연 속으로 들어가는 것이 아니라 과학적 사고, 용어, 도표와 신화로 이루어진 관념세계를 배운다. 그러고는 자연을 안다고 착각한다. 자연 다큐멘터리로 간혹 감동을 받지만 현실의 도심을 살아가는 사람들은 보도블록틈에 풀이라도 돋아나면 지저분하다 여기고, 강변 덤불숲은 뱀이나 거추장스런 벌레들의 소굴로 보고 가까이 가길 두려워한다.

씨앗을 뿌려 나무를 키우는 경험을 해본 이는 식물이 어떤 존재인지, 생명 하나 다루는 데 얼마나 세심한 손길이 필요한지 알게 된다. 세상이 좀 더 나은 방향으로 가게 하는 것도 어찌 보면 생명을 잘 돌보고 키우는 일이다. 이를 잘하게 되면 식물이든, 주변 생활환경이든, 공원이든, 이웃이든, 친구든, 아름다운 모습으로 피어날 것이라고 생각한다. 우리 삶의 궁극 목표도 지구의 다양한 생명체들이 어우러져 살아가는 것이고, 인간 문명의 원천이자 생명 유지를 가능케 했던 식물과 조화롭게 살아가는 삶이지 않겠는가?

식물 이름 붙이기

인간은 식물에게 다양한 이름을 붙였다. 식물 이름은 이용하는 사람이 구분을 위해 붙이던 것에서 출발되었다. 참나물, 원추리, 애기똥풀, 족도리풀 등등 수많은 식물 이름이 오랫동안 나물이나 약재로 긴요하게 이용하던 사람들에 의해 불리어왔고, 이는 식물과 인간이 관계를 맺는 과정에 만들어졌다.

식물 이름은 식물 특성이 가장 잘 드러나는 것으로 정하는 경우가 많다. 이름만 잘 따져 봐도 그 특성을 상당히 이해할 수 있다.

국제적으로 널리 통용되는 식물 이름은 라틴어로 정한 학명學名이다. 라틴어는 변하지 않는 죽은 문자이기에 식물 학명을 붙이는 용도로 활용한다. 우리나라에서만 부르는 식물 이름은 '지방명' 이라고 한다. 한마디로 우리나라 사람들끼리만 우리 지역에서 부른다는 뜻이다.

식물 이름을 많이 알면 알수록 식물을 잘 아는 것으로 생각하는 경

큰구슬봉이. 우리 들꽃은 가까이 다가가면 갈수록 더 끌리는 매력이 있다.

우가 많은데 이는 반은 맞고 반은 틀린 생각이다. 사람들이 식물을 이해하는 하나의 왜곡된 편향이라 생각한다.

라울 프랑세Raoul France는 식물 이름 붙이는 법을 만든 린네Carl von Linne의 노력을 다음과 같이 표현하고 있다.

"그가 나타나면 웃고 있던 시냇물도 죽어 버리고 화사한 꽃들도 시들어 버린다. 목초지에서 느낄 수 있는 우아함이나 즐거움도 그곳 생명들에게 수천 가지 라틴어 이름을 붙임으로써 빛이 바랜다. 꽃이 만발한 들판이나 수풀이 우거진 숲속 모두가 그리스어나 라틴어로 매겨지는 분류어에 생명력을 잃고 식물학 연구의 표본실로 전락해 버린다. 우리는 딱딱하고 지루한 논리, 즉 암술이나 수술 따위를 논하면서 잎사귀의 모양 같은 겉만 따지는 논리들이나 배우며, 그조차 이내 잊어버린다. 그리하여 분류 작업이 끝나면, 우리는 그제서야 미망에서 깨어나 자연으로부터 멀어져 있는 자신을 발견하게 되는 것이다."

모두가 동의하지 않겠지만 식물을 잘 안다고 하면 식물 동정('분류'는 식물 갈래, 진화족보 연구하는 전문가 영역이고 그 분류 기준에 따라 일반인이 식물을 식별하는 것은 '동정'이라고 한다)을 잘하는 것으로 보는 분위기에선 의미 있는 지적이다.

식물 이름을 잘 아는 것이 의미 없다는 것이 아니라 식물 이름만 부르면 어느 시구처럼 단순한 몸짓이 '꽃'이 되고 '의미'가 되는 것이 아니라는 것이다. 사람도 그 이름만 주고받으면 아는 것이 아니듯

이름은 단지 관계의 출발에 지나지 않는다.

식물원에서 식물교육체험을 하면서 호기심 많은 아이들도 이름을 알려주는 순간 더 이상 그 식물에 대해 관심을 가지지 않는다는 사실을 알게 되었다. 그래서 식물에 집중하도록 질문하여 관찰할 시간을 주고 난 뒤 이름을 가르쳐 주었다. 식물이 가진 '하나의 몸짓'에 집중할 힘을 기르게 하는 것이 자연을 이해하는 데 더 중요하다.

어느 자연학습장에 들렀을 때, 견학 온 어린이들이 보이는 행동이 아주 신기했다. 아이들은 정신없이 뛰어다니며 명찰에 붙은 식물 이름만 수첩에 열심히 옮겨 적고 있었다. 식물의 명찰이 어느 식물을 설명하는 것인지 헷갈리는 것도 많았는데.

왜 그리 바쁘냐고 물었더니 선생님이 식물 이름 100개를 적어 오라는 숙제를 낸 모양이었다. 이름을 아는 것도 중요하지만 이름만 강요하는 순간 식물은 외우는 대상이 되고야 만다.

식물의 표준 이름(정명)은 '국가식물표준목록'을 검색해 찾아보면 된다. 한 가지 식물에도 이용법에 따라 지역마다 여러 이름이 있을 것이니 표준명은 필요하지만, 지역마다 달리 불리는 이름도 나름 활용법이나 지혜를 담고 있기에 쉽게 버릴 것은 못 된다.

원예용으로 파는 식물들은 온갖 이름으로 다 팔리고 있다. 행운목, 사랑초, 금전화 등 수입하는 원예업자가 소비자 관심을 끌기 위해 온갖 고귀한 이름을 붙였다. 차라리 원산지에서 불리는 식물 특성을 살린 이름을 붙여주는 것이 좋다고 본다.

해설 안내를 하는 중에 아이들에게 식물 각자 자기 나름의 이름을 지어 보라는 주문을 해본다. 그런 질문을 받는 순간 아이들은 식물이 어떻게 생겼는지 자세히 들여다보게 된다.

이제 자연에서 독립적인 문명세계로 나와 버린 호모사피엔스가 더 길고도 전혀 다른 진화의 길을 걸어온 식물을 들여다본다. 그 신비로운 관찰의 시간을 최대한 길게 만들어주는 것이 어른이 할 역할이라 생각한다. 같은 식물이라도 개인마다 보는 느낌이나 다가오는 특성이 다르다는 것은 각자 다르게 그 이름을 불러주었을 때 진정 나에게로 다가와 꽃이 된다는 의미가 아닐까? 사랑하는 이에게 붙이는 둘만의 비밀스런 애칭처럼 말이다.

식물을 가꾸는 마음

　우리나라 사람들은 보통 식물 가꾸기를 어려워한다. 할머니들은 대개 초록손(식물을 잘 키우는 손)에 가까운 분들이 많다. 작은 땅뙈기라도 있으면 경작하고 일구고 하는 일들이 자연스러웠다. 계절순환에 맞게 한 치의 빈 공간도 생길 틈 없이 채소나 작물을 길러내는 어르신 모습을 보면 그들이 바로 자연과 더불어 사는 도인들처럼 보였다.

　하지만 젊은 세대는 생태맹에다 꽃 화분 선물도 마다하는 경우가 많다. 식물원 관람을 마치면 마음에 들어 화분을 사 가면서도 "잘 안 죽어요?" 하고 묻는 경우가 많았다.

　며칠 간격으로 물을 주면 좋은지 표찰에 적어 달라는 분들도 많다. 이럴 땐 아주 난감해진다. "자주 보세요. 자주 보시면 저절로 알게 됩니다. 잎사귀가 살짝 처지면 물을 달라는 신호입니다." 원래 그 식물이 자라는 곳이 건조한지 축축한지를 알려주고 작은 화분에 심었거나 볕이 강한 곳에 화분을 두면 물을 많이 줘야 한다고 식물 생리를

모든 식물들의 새순은 기쁨이자 희망이다.

이해시키려 애썼다.

꽃이 필 때만 반기다가 꽃이 지면 거들떠보지 않아 말라 죽이는 경우도 많다. 꽃 선물은 반기지만 직접 키워 꽃을 피워내는 일에는 손사래를 친다. 이렇게 우리는 조경원예문화와 멀어져 버렸고 나이 들수록 점점 커지는 마음의 빈 공간을 뭐로 채울지를 모르고 있다.

학교 공간에 자생식물로 자연관찰원을 만드는 일을 업으로 삼은 적이 있다. 학교에서 그런 일을 벌이려면 진짜 부지런하고 애착과 열정을 지닌 선생님이 한 분쯤은 있어야 한다.

교장 선생님이 식물을 좋아하거나 교육현장에서 식물을 가꾸는 일의 가치를 아는 분이면 좀 나았지만, 한 선생님이 열정만으로 풍성한 화단을 만든다는 것은 여간 어려운 일이 아니다. 다 만들어지더라도 교장은 담당선생님께 여러 번 당부를 한다. 책임지고 관리하라고.

어찌 된 일인지 우리나라는 식물을 좋아하고 키우는 일을 가치롭게 보지 않고, 노년에 할 일 없을 때 하는 일로 원예활동을 얕잡아 보는 시선도 많이 깔려 있다. 서구 유럽인들이 가장 좋아하는 취미활동인 원예가 우리에겐 우선순위에 밀린 일처럼 여겨지기도 한다. 그만큼 마음의 여유가 없는 것이다.

학교 운동장은 삭막하고도 썰렁하다. 학교 담 따라 한 줄로 선 울타리 나무 이상의 정원이 학교에 자리 잡기는 어렵다. 원예 지식도, 식물에 대한 이해도 별로 없는 상태에서 실패 경험만 전설처럼 내려와 '이제 다시는 하지 말아야지' 하는 두려움이 깔려 있기도 하다.

전 국립수목원장을 지냈던 신준환이 쓴 책 『다시 나무를 보다』에는 정원 가꾸기가 좋은 이유를 다음과 같이 말하고 있다.

"첫째, 해와 달의 운행을 실감하며 몸의 생리적 변화를 관찰하게 되고 둘째, 식물의 효용과 자연의 위대함을 시각, 후각, 촉각, 미각 등 오감을 통해 직접 체험할 수 있고, 셋째, 식물을 가꾸면서 벌레, 각종 미생물과 교류하는 것은 물론 흙냄새와 물과 바람의 촉감에서 생기를 느끼며 상선약수와 같은 물과 바람의 깊은 이치를 체득할 수 있고, 넷째, 물이나 거름을 줄 때 일어나는 식물의 반응을 관찰하며 생명의 신비를 느낄 수 있고, 다섯째, 수확하는 기쁨을 누릴 수 있을 뿐 아니라 생산물을 먹을 때 만족감을 느끼고 심신이 깨어나며, 여섯째, 식물과 대지와 함께하는 데서 오는 여유와 미적인 충족감을 체험할 수 있으며, 마지막으로 정원을 가꾸면서 다른 사람과 소통하고 즐거움을 공유하는 보람을 느낄 수 있기 때문이다."

한평생 식물과 살아온 빼어난 달인의 안목이 느껴진다. 자연과 일체감을 느끼는 즐거움이 바로 노년이 주는 행복의 핵심이라는 걸 모르는 이가 많다. 노년에 정원 가꾸기를 한다면 자연 순환에 대한 일체감으로 아름다운 마무리를 약속할 수 있으리라. 우리 몸도 적절한 리듬이 필요하고, 일상에서 녹색식물은 위안과 변화의 즐거움을 안겨준다.

한때 산골마을에서 식물을 키울 때 겪은 이야기다. 이웃집 할머니께 심어 보시라고 간혹 꽃모종을 드렸는데 반응은 크게 두 가지였다.

한 할머니는 마당에 꽃을 정갈하게 키워서 마을을 찾아오는 분들에게 '마당 이쁜 집'으로 불렸다. 마당은 채소 반 꽃 반이었다.

연세가 든 다른 할머니는 "그거 먹지도 못하는 거 키워서 뭐 해?" 하면서 받지 않으셨다. 마당 안 자투리땅에는 먹을 수 있는 채소를 심는 것이 더 중요했다. 농사를 짓는 그분은 팔순 연세에도 꽃 피우는 즐거움을 누릴 여유가 없었던 것이다.

어려운 조건일수록 더 식물을 통해 위안과 생기를 찾을 필요가 있다. 구미 스타케미컬 높은 곳에서 최장기 굴뚝농성 기록을 깬 한 노동자는 그 높고 외로운 사막 같은 곳에서도 상추, 열무 등을 키웠다. 그곳까지 올라간 씨앗들이 싹트고 자라면서 그에게 자그마한 위안과 희망을 던져주었을 것이라고 믿는다.

날마다 변하는 것을 보거나 느끼지 못하는 이는 좌절하기 쉽지만, 식물을 키우는 과정에서 생명을 키우고 돌보는 힘이 길러진다. 비가 오면 도시민들은 한 잔 술부터 떠올릴 수도 있지만 내겐 먼저 떠오르는 것이 바로 텃밭에서 키우는 식물들이다. 비 왔으니 또 얼마나 자랐으며 뿌린 씨앗은 싹이 텄는지, 사뭇 궁금해진다. 틈만 나면 마음은 텃밭으로 달려가는 것이다.

씨앗이 싹터 큰 나무가 된다는 것

　　나름 식물 공부한다고 자주 산과 들을 찾지만 식물은 볼 때마다 새롭다. 같은 종의 식물이라도 철따라 변하고 시기마다 새로운 모습을 보여주기 때문이다. 언젠가 양산 물금에 갔는데 큰 비파나무 가지가 담 밖으로 뻗어 있었다. 잎 모양이 현악기인 '비파'를 닮아 비파나무라고 불린다고 한다. 파란 하늘을 무대 삼아 열매가 황금색으로 탐스럽게 빛나고 있기에, 나도 모르게 손이 닿는 데까지 뻗어 열매 맛을 보았다. 달달하기보다 시큼한 맛이 강하고 과육도 얇아 먹을 것은 별로 없었다. 그런데 살구보다 작은 열매에서 차나무 씨앗보다 더 큰 씨앗이 무려 다섯 개나 나왔다. 혹 내가 번식 매개동물로써 낚인 것일까?

　　비파나무는 싹이 빨리 트기로 소문난 나무라는 것을 익히 들었기에 씨앗을 흙에 묻어 두었더니 15일 만에 큰 떡잎 두 개가 펼쳐지면서 싹이 텄다. 작은 화분에 옮기고 뿌리가 잘 퍼지길 기다리고 있다. 이

거의 15일 만에 싹을 틔운 비파나무 씨앗. 떡잎이 크고 싱그럽다.

렇게 아열대성 나무는 싹이 바로 트는 것들이 많다. 겨울도 그리 춥지 않아 바로 겨울을 맞이해도 되기에 그런 속성을 지녔다고 짐작한다. 온대지방에서 자라는 나무는 가을에 씨앗을 심으면 바로 싹이 트지는 않는다. 싹이 터서 겨울을 넘기기엔 바람과 건기, 추위가 혹독하다는 정보를 씨앗은 담고 있는 것일까? 그래서 씨앗을 따뜻한 곳에 두면 겨울이 지나지 않은 것으로 알고 봄에 씨를 뿌려도 싹이 나지 않는다. 반드시 겨울 같은 낮은 온도를 경험하게 해야 싹이 트는 것이다.

계절 변화, 밤낮의 기온 차, 쏟아지는 비, 자신을 먹이로 하는 야생 동물 등등이 씨앗에게는 모두 위험한 조건들이다. 씨앗은 그동안 겪었던 혹독한 야생 조건을 자신이 싹트는 조건으로서 고스란히 몸속에 기억하고 있는 것이다. 밤낮 온도 차는 껍질을 조였다 풀었다 하며 무르게 만들고 갑자기 쏟아지는 비가 씨앗을 내동댕이치는 과정이 반복되면서 두꺼운 껍질이 깎인다. 습기가 가득한 구석에 박힌 씨앗이 오히려 싹이 틀 행운이 찾아올 가능성이 높아진다.

새에게 먹힌 씨앗은 다 소화되지 않거나 설사를 일으켜 빨리 배설하게 만든다. 어떤 씨앗은 반드시 새 뱃속을 통과해야 싹이 트게끔 프로그램되어 있다. 새들이 나무를 번식시키는 데 엄청난 기여를 하는 것이다.

늦가을 전시 행사를 준비하느라 식물원 입구를 꾸미기 위해 붉고 탐스러운 이나무 열매를 지게 바지게에 담아두었다. 행사 내내 직박구리가 와서 떼어 먹느라 소란스러웠다. 그런데 그 이듬해 식물원 안에 이나무가 곳곳에서 솟아 나왔다. 숲은 나무 혼자서 만드는 것이 아니라 숲속에서 살아가는 동식물, 균류 등 다양한 생명들이 관계한다는 사실을 새삼 깨닫게 되었다.

새가 나무를 낳는 존재라는 것을 알게 되면 열매와 씨앗을 먹는 야생동물에 의해 미래의 숲이 결정된다는 사실도 알게 된다. 새와 야생동물은 씨의 껍질을 부드럽게 해서 싹을 키우는 도움도 주지만 씨를 멀리 퍼뜨리는 존재이기 때문이다.

잣은 그 딱딱한 껍질 때문에 대보름날 부럼으로 쓰일 만큼 야물다. 땅 위에 떨어져 그냥 있을 때는 싹틀 기회를 얻기가 쉽지 않다. 다람쥐나 청설모, 어치가 예비식량으로 묻어 두고 깜빡 잊어버리면 축축한 흙 속에서 물기를 흡수해서 이듬해 싹을 틔울 수가 있게 된다. 씨앗이 텄다고 안심할 일은 아니다. 땅바닥에 붙어 자랄 때는 들쥐나 산토끼가 줄기를 갉아 먹을 수 있고, 어느 정도 자라면 고라니의 주둥이를 피할 수가 없다.

숲속에서는 자리를 잡기가 여간 힘들지 않다. 주변 나무의 위세에 눌려 하늘에서 쏟아지는 햇빛도 제대로 못 받고 스러져가는 경우도 많다. 주변의 큰 나무가 태풍에 쓰러지거나 번개를 맞거나 병으로 쓰러진다면, 쏟아지는 햇빛에 의해 싹이 트고 미래를 꿈꿀 수 있다.

여러 험난한 환경을 자신이 살아갈 삶의 조건으로 받아들이면서 나무는 성장한다. 나무 한 그루가 자라면서 겪었을 풍파를 이해하는 사람들은 큰 나무를 볼 때 자신도 모르게 감동이 벅차오름을 느낀다. 어떤 이는 숲을 보고 비록 '글자는 보이지 않아도 하늘이 만든 책〔無字天書〕'이라 말했다. 책은 지식을 주기도 하지만 자기 내면을 비춰주는 역할도 한다. 숲에서 자라는 나무 하나하나를 보는 것은 자기 내면을 통해 자연의 지혜를 읽는 것이기도 하다. 어려운 일들을 겪으면서도, 희망을 포기하지 않고 굳건히 살아가는 사람들은 어쩌면 묵묵히 자라는 나무를 닮았다.

어려운 환경을 이겨내는 식물들

흔히 식물은 기름진 땅에 모여 살기를 좋아하는 것으로 생각하기 쉽다. 하지만 식물은 자기 나름의 좋아하는 공간이 다 따로 정해져 있다. 소나무는 햇빛이 강하고 거름기가 없고 배수가 잘되는 산등성이를 따라 자라고, 흙이 걸고 습기가 많은 계곡 주변에는 단풍나무류와 때죽나무들이 자란다. 산성, 중성, 알칼리성 토양에 따라, 햇빛의 강약에 따라, 수분이 많고 적음에 따라 다양한 식물들의 서식지가 만들어진다. 사람들은 물질적으로 풍요롭고 문화 향유 기회가 많은 도시로 몰리지만 식물들은 한곳으로만 모이지 않고 각자 고유의 자리를 갖는다.

산사태가 났거나 개발 때문에 거친 흙들이 드러나면 먼저 잡초들이 들어온다. 개망초, 망초, 명아주 등등. 장비가 헤집어놓아 거칠고 거름기도 없어 아무도 들어오지 못하는 땅에 이들이 먼저 들어와 자리를 잡는다. 이런 잡초들 때문에 강한 비에도 흙이 쓸려 내려가지 않

질경이는 발길에 밟히는 조건을 자기 성장의 기회로 활용한다.

아 흙 표면부터 쌓이는 기름진 양분이 지켜지는 것이다. 난개발로 들쳐진 장소에 들어온 수많은 잡초들에 쓸모없는 식물이라 업신여길 일이 아니라 고마워해야 한다. 이런 식물들을 흔히 개척자 식물이라고도 한다.

사람들은 잡초가 강인하다고들 생각하지만 실제는 다르다. 잡초들이 자라 땅이 걸어지면 다른 다년초 식물들이 들어와 먼저 들어온 식물들은 맥을 못 추고 점차 밀려나게 된다. 한해살이풀, 여러해살이풀, 작은키나무, 큰키나무의 순서로 숲이 되어간다.

다양한 풀과 나무가 외국에서 들어와 퍼졌지만(이를 귀화식물이라고 한다.) 나무로서 경쟁력을 가지고 꾸준히 확대되는 나무는 기껏해야 족제비싸리 정도다. 하지만 이들도 울창한 숲에까지는 들어가지 못하고 햇빛 좋은 길가나 둑방을 차지하는 데 그친다. 나머지는 인간의 의식적인 노력 없이는 자기 영역을 쉽게 넓히지 못했다.

황사의 진원지 몽고와 가까운 중국 네이멍구 마오우쑤 사막에서 평생 나무를 심어 모래땅을 숲으로 만든 인위쩡〔殷玉珍〕의 이야기는 유명하다. 남편 바이완샹〔百萬祥〕과 함께 숲으로 일군 면적은 1400만 평(여의도 16배)이다. 눈을 뜰 수 없을 만큼 모래바람이 휘몰아쳐 얼굴을 다 가리고 다녀야 하는 그 버석거리는 땅을 살린 것은 백양나무와 사류(사막버드나무)였다.

사막화 원인은 일회용 젓가락 수백억 개를 만들어 수출하거나 땔감으로 쓰기 위해 마구잡이로 베어버린 결과였다. 하지만 이 백양나무와 사류가 모래바람을 막아내는 나무벽이 되면서 점차 숲으로 만들어지는 데는 숨은 공신이 따로 있었다. 바로 감모초와 양차오다. 다년 생 풀인 감모초가 일단 뿌리를 내리면서 생장기간이 더 긴 양차오가 자라게 하는 조건을 만들었던 것이다.

사막의 풀들은 지상 높이가 5센티미터에 불과하지만 수많은 잔뿌리를 이어 붙이면 장장 500km가 넘게 뻗는 풀도 있다고 한다. 풀들이 모래 깊은 곳의 수분을 끌어 올려 주위에서 자라는 풀들과 사이좋게 나눠 먹으며 백양나무나 사류가 살아갈 수 있는 조건을 만들어 주었다. 이 감모초나 양차오란 풀이 사막을 숲으로 돌리는 데 앞장을 선 식물이었던 것이다. 양이 이 풀을 잘 먹어서 양차오 풀밭은 풍요로움의 상징이 되었다고 한다. 새끼 양 한 마리가 2년 뒤에는 25배 가격으로 팔 수 있는 어미 양이 되는데 그 양을 팔아 다시 새끼 양을 가질 수 있었던 것이다.

흔히 아는 강인한 식물로는 질경이가 있다. 이름 그대로 아주 질기고 튼튼한 식물이다. 질경이는 척박한 땅이 아니면 살아갈 수 없다. 사람들이 다니는 길이나 달구지가 짓밟고 지나다니는 길에서 싹을 틔운다. 다른 식물은 사람이나 짐승의 발길이 난무하는 험악한 조건에서 이겨내지 못하지만 질경이는 그 강인한 섬유질로 버틸 수 있기에 살아남을 수 있다. 만일 그런 혹독한 고난이 없다면 질경이는 키가 더 높이 자라는 식물에 덮여 그늘 속에서 사라질 것이다.

적절한 고난과 힘듦이 없으면 질경이는 생명력을 잃어버린다. 나무도 강한 바람에는 휘청이면서 잔뿌리가 계속 끊어지고, 거기에서 새 뿌리가 나와 더 굳건한 뿌리를 내리게 된다.

옮겨 심은 나무가 1~2년이 지나 뿌리를 내리면 지지대를 없애주는 것이 낫다. 그래야 몸체가 바람에 상하좌우로 흔들리며 힘을 갖는다고 한다.

인간을 포함한 동물은 먹이가 풍부한 곳, 안전한 곳, 짝을 찾을 수 있는 곳을 찾아 끊임없이 움직인다. 식물보다 생존에 유리한 것처럼 보이지만 '자주 옮겨 심은 나무'가 빈약하듯이 힘을 쌓아가지 못한다. 세상에는 저 너머에 유토피아가 따로 있는 것도 아니고 좋은 세상이 미래로부터 뚝 떨어지는 것도 아니다. 어쩌면 매일 떠나고 싶은 지금 여기의 현실과 삶을 온몸으로 떠안을 때 한 그루 늠름한 나무처럼 되어 숲이 될 수 있을 것이라 믿는다.

평생을 바쳐 지옥 같은 사막을 가장 아름다운 삶터로 만든 인위쩡과 바이완샹은 중국인의 영웅이기도 하지만 우리 모두의 영웅으로 품을 만하다. 그들은 모래사막에 풀씨를 뿌렸던 사람이다.

성장을 기록하는 나이테

나무들이야 한 해가 지나면 나이테를 만들어 한 해 성장을 기록한다. 우리 삶이 나무처럼 '성장기'와 '휴식기'로 나누지 않고 성장만을 바라는 세월에 무엇으로 한 해 성장을 증명할 수 있을까? 성장만계속 하는 열대성기후대에는 나이테가 만들어지지 않는다. 사계절이 있는 우리나라도 나이테가 없는 나무들은 있다. 속이 빈 대나무나 등나무 같이 길이 위주로만 자라는 것들도 있고 세포 크기와 배열이 일정하여 나이테 무늬조차 제대로 보이지 않을 정도가 되는, 우리 일상 같은 때죽나무가 그런 예이다.

기후에 따라 나이테는 너비가 달라지는데, 가뭄이 심한 해에는 좁고 홍수가 난 해에는 넓어진다. 같은 시기, 지역에서 자란 나무라면 매년 쌓이는 나이테 무늬는 비슷해지는데, 이런 나이테 흔적으로 목재 유물의 제작연대를 추정하는 것이 바로 '연륜연대학〔annual ring chronology〕'이다. 전 세계 곳곳에 여러 연령의 나무 나이테를 수집 분

노거수가 더 우러러 보이는 것은 각기 다른 독특한 모습으로 자랐기 때문일 것이다.
(구 울산초 300년생 회회나무)

석하여 나무별로 표준 나이테가 만들어지면 어떤 목재유물이든 만든 시기를 짐작할 수 있다는 것이다.

2013년 경기 남양주시 흥국사에 있던 16나한상이 이런 과정을 거쳐 언제 만들어졌는가가 밝혀졌다. 연구진은 목재조직을 잘라 현미경으로 관찰한 결과 소나무 조직과 동일하다는 걸 알아낸 뒤, 16나한 바닥의 나이테를 촬영해 총 121년간의 넓고 좁은 무늬를 얻었다. 이를 목재연륜소재은행에서 작성해 놓은 우리나라 소나무의 표준연대기와 비교한 결과, 마지막 나이테가 1538년인 것으로 나타났기에 1538년에 나무를 베어내 사용했다는 알게 된 것이다. 연구팀은 방사성탄소연대측정도 실시했는데, 1528~1541년에 만들어졌다는 결론을 얻었다. 나무의 기록은 놀라우리만큼 정확했던 것이다.

나이테는 나무 한 그루의 자서전과도 같다. 목질 유물은 당시 주변의 기후환경을 나무 몸속에 그대로 기록하고 있다. 오래된 나무 유물은 주변 환경에 따라 썩는 정도는 달라도 나무 세포 기본 모양을 그대로 간직하고 있기 때문이다. 사람이 아무리 대용량 저장장치를 자랑해도 나이테는 자연계의 수많은 정보를 저장하고 있는 테라급 대용량 하드디스크인 셈이다. 인간은 아직 나이테에 담긴 정보의 일부만 겨우 해독하는 수준이다. 이처럼 유물 발굴 터에서 나오는 썩은 나무 한 토막은 지구 역사에서 선조들 생활상까지 짐작해 볼 수 있는 수많은 정보가 들어 있는 역사의 한 조각과 같다. 그 속에는 불탄 흔적이 남아 있고, 상처 난 생채기도 그대로 간직하고 있다.

목공을 배운 적이 있다. 좁은 탁자를 만들면서 배웠는데 재료가 체리 나무였다. 탁자 다리를 만들고 그 위에 상판을 올리는 마지막 작업이 남았는데 당연히 표면에 흠집도 없고 매끈한 나이테 면을 위로 올렸다. 선생은 상판을 뒤집어 보더니 옹이가 든 부분을 위로 올리라고 했다. 그 옹이 상판을 설치하니 처음보다 훨씬 멋져 보이는 것이었다. 작은 나무일 때는 균형감 있게 자란 나무가 좋은 나무로 비싸게 팔리지만 큰 나무들은 정상범위를 벗어난 독특한 수형의 나무들이 오히려 명목으로 여겨진다.

다녔던 식물원에는 정상적인 범위를 벗어나는 수형을 가진 큰 나무들이 많았다. 물론 곧고 잘 자란 나무들도 있었지만 유난히 독특한 나무에게 눈길이 자주 갔다. 이들은 조경업자에게 팔리지 않은 '선택되지 못한 나무'였다.

수형이 갖춰진 좋은 나무들은 벌써 팔려 어느 개인의 정원마당에 심겼거나 가로수나 수목원에 숲이 되었을지도 모른다. 정상적인 수형을 가진 나무가 만든 숲은 똑같은 아파트에 살아가는 사람처럼 획일화되고 무미건조할 수도 있다. 정상범위를 벗어난 조금은 기괴하고 독특한 나무들이 오히려 사람들의 상상력을 자극하고 나무가 겪었던 풍상을 미뤄 짐작하는 공감을 불러일으킨다.

꿀, 벌이 식물로부터 만든 음식

구대륙 원주민들이 하는 일은 밀림 속을 돌아다니며, 높이 솟은 나무나 절벽에서 벌집을 찾는 일이었다. 까마득한 높이의 나무 위를 올라가는 일도 태초의 원인류처럼 유연한 몸놀림 앞에서는 문제가 되지 않았다. 나머지 동료들은 아래에서 그 모습을 지켜보고 있었다. 올라간 그는 벌들을 쫓기 위해 연기를 피우고 벌집을 따냈다. 간혹 벌이 공격할 기미가 보이면 소리를 질러, 아랫사람들이 대피하게 유도해야 했다. 간혹 꿀이 없는 빈집도 많았다.

어렵게 딴 야생의 벌꿀은 비싸게 팔린다고 했다. 과연 그 벌꿀을 먹는 이는 누구일까? 벌집에서 꿀을 채집하러 나무에 올라가는 그들의 삶은 매달려 있는 벌집처럼 위태로워 보였다.

미국에는 타의 추종을 불허하는 다양한 벌꿀이 있다고 한다. 이는 광활한 대륙에 수많은 식물이 살아간다는 반증일 것이다. 무려 300여 종에 이르는데 정작 미국인들은 이를 잘 모른다고 한다. 왜냐하면 벌

식물이 곤충과 상생하는 지혜를 통해 공진화하면서 수많은 꽃 모양이 만들어졌다.
꽃은 곤충이 만들어 준 선물이다.

꿀은 미국을 제외한 히스패닉계나 유럽인 등 다른 나라 사람들이 주 고객이기 때문이다. 유럽인들은 전통적으로 벌꿀과 밀접하게 연관된 생활을 해오고 있다.

우리나라 벌꿀은 아카시(아)꿀, 밤꿀, 잡꿀로 보통 분류하는데 제주도 중심의 유채꿀, 기타 야생화꿀, 싸리꿀 등도 있다고 한다. 이외에도 꿀이 많이 나오는 식물 종류는 자운영, 피나무, 감귤, 최근에는 블루베리 등도 있다 한다. 영국은 꿀이 4~5종류밖에 없어 벌꿀 보기를 황금같이 한다고 한다. 그래서 영국은 꿀을 귀하게 여겨 '벌꿀 쇼'를 열기도 한다.

벌꿀은 오랜 옛날에 자연에서 얻은 인류 최초의 식품으로 그리스 제신들 식량이었다고 한다. 로마인은 꿀을 하늘에서 내리는 이슬로 여겼다. 그 후 인류사회에서 꿀을 약용으로 하는 한편 사체 방부제, 미라 제작, 과실의 보존 등에 사용하였다. 그만큼 꿀은 절대 변하지 않는 물질이었다.

우리나라처럼 다양한 지형을 가진 나라에서 순수한 꿀을 만들기란 불가능할지도 모른다. 순수한 꿀이란 광활한 지역에서 단일 식물로부터 꿀을 딸 수 있는 지역을 전제로 하기 때문이다. 광고로는 100% 아카시(아)꿀이지만 사실은 그렇지 않을 것이다. 하지만 너른 땅을 지닌 신대륙이 가진 단일 농장은 순수 꿀이 가능할 것이다.

꿀은 식물의 정수에 해당한다. 꽃이 피어야 꿀이 나오고 그 꿀을 벌들이 모아야 한다. 벌들이 모은 꿀이라는 선물을 인간이 이용한 것은 농경 이전부터이고 가장 오래된 술도 벌꿀주였다고 주장하기도 한다. 하지만 이런 꿀을 가진 식물의 벌을 매개로 한 짝짓기는 오랜 기간이 지난 후에야 가능한 일이었다.

온갖 생물이 태동한 곳은 바다였고 지금도 그렇듯 바다생물의 짝짓기는 암컷이 낳은 알에 수컷이 정소를 뿌리는 행위였다. 짙은 농도로 뿌려지면 물에 희석되어 이동하며 수정이 이어졌다. 지금도 해조에서 조개, 물고기에 이르기까지 모든 해양생물에 적용되는 방식이다. 이런 방식은 물을 이용하기에 좋은 방법이었으나 식물이 지상으로 나오고부터는 만만한 일이 아니었다.

유독한 가스로 가득 찬 5억 년쯤 전에 생물체가 힘겹게 육지로 올라오면서 양상이 바뀌었다. 공기 중에 정자와 난자는 방출과 동시에 거의 즉시 탈진 상태에 빠진다. 건조한 공기로 가득한 세상에 수정을 하기 위해서는 새로운 방식을 만들어야 했다. 아직 이끼, 선태류, 양치식물은 물을 이용하지만 구과식물 같은 초기 식물은 바람을 이용해 꽃가루를 날리는 방식을 선택했다. 꽃가루 하나하나는 건조한 공기에 견딜 수 있는 캡슐에 넣어져 가벼운 바람에도 날릴 수 있도록 아주 작게 만들어졌다. 이런 캡슐은 수십억 개나 발진하지만 운 좋게 씨방까지 들어가는 것은 몇 되지 않았다. 이는 단지 물을 바람으로 대체한 것과 같았고, 많이 생산하고 낭비도 많은 방식이었다.

바람에 날려 식물 짝짓기가 이뤄지는 생활이 수억 년 식물 성생활을 지배했다. 이런 과정을 거쳐 식물의 짝짓기에 곤충이 매개하게 된건 식물역사로 보면 한참 뒤에 나왔다. 꽃은 자연스레 곤충에게 꿀을 주고, 그 꿀을 탐하는 과정에 저절로 짝이 맺어지는 방식은 곤충 모양에도 획기적인 변화를 가져왔고 식물 꽃 구조에도 다양한 변화를 만들었다. 이른바 공진화共進化이다.

짝짓기 중매의 선물로 받은 것이 바로 꿀이다. 이는 흡사 중매쟁이가 받은 결혼선물과도 같은 것이었다. 한 되(2400g)의 꿀을 얻기 위해선 약 20억 송이의 꽃을 방문해야 한다니 꿀이 얼마나 진귀한 것인가를 알 수 있다. 그 꿀을 모으는 벌의 수가 점차 줄어들고 있다. 꿀이 문제가 아니라 그 많은 짝짓기를 벌에 맡겨둔 식물들은 이제 어찌 될 것인가? 꽃들이 직접 나설 수도 없는 일인데 여간 심각한 일이 아니다.

식물 진화의 두 가지 방향, 난초와 국화

식물진화역사 족보인 진화 수형도를 보면 현재 지배적인 속씨식물들이 크게 두 가지 방향으로 진화해 왔다는 것을 알게 된다. 바닷속 조류로부터 선태이끼류, 양치식물, 겉씨식물을 지나 속씨식물로 진화하고 그 속씨식물 중 1억 2000만 년 전에 쌍떡잎식물이 먼저 나타나고, 7000만 년 전에 외떡잎식물이 나타나게 된 사실 말이다. 쌍떡잎식물 진화의 정점은 국화과 식물이 차지하고 외떡잎식물의 정점은 난초과 식물이 찍었다.

난초과 식물은 난초마다 신기한 꽃 모양과 향기를 가지고 있어 귀하게 여긴다. 난초과 식물 반 정도는 꿀을 생산하여 곤충을 유혹하지만 어떤 난초는 수벌에게 암벌을 유혹하는 향수를 제공해 주기도 한다. 향기 없는 난초가, 꿀 있는 난초를 모방하여 매개곤충을 끌어들이는 사기도 친다. 더 놀라운 것은 난초과 식물이 암벌 흉내를 낸다는 사실이다. 생김새나 촉감뿐 아니라 암벌 냄새까지 풍긴다. 교미를 위

닭의난초. 난초꽃을 자세히 보면 특이한 곤충과 많이 닮았다는 것
을 알게 된다.

해 수벌이 달려드는 과정에 식물 수정이 이루어진다.

오래전부터 새로운 난초를 구하기 위한 식물사냥꾼들의 탐험은 치열했다. 19세기 말 영국 왕실에 난초 열풍이 불어 아주 비싼 값으로 거래되었기 때문이다. 19세기 중반 난초수집가였던 프레데릭 샌더 Frederick Sander는 성공 가능성을 확신하고 온실을 짓고 난초사업에 뛰어들었다. 난초가 있는 곳이면 어디에나 있는 난초사냥꾼을 고용하거나 난초를 구해오면 보상을 주었다. 이런 열풍에 강을 건너가다가 익사, 실종되거나 살해당하거나 비명횡사한 난초사냥꾼을 열거하자면 끝이 없을 정도였다. 사람들 손이 닿지 않는 늪과 숲에 자라는 난초를 구하려는 직업은 생명을 내놓고 하는 일이었다. 높은 나무껍질에 붙은 난초를 채집하려 큰 나무를 베는 일이 허다하여 많은 삼림이 훼손되기도 하였다.

난초과 좌우대칭인 꽃들은 벌 등이 들어가기 좋은 모양으로 되어 있다. 우리가 아름답다고 여기는 꽃잎은 사실 곤충들의 착륙장이자 암수술을 보호하기 위한 기관이다. 꽃이 인간을 위해 다양한 모습을 갖춰온 것은 아니었다. 난초과 식물처럼 정교하게 서로 맞춘 공진화는 낭비되는 비용 없이 가장 높은 효율로 후세대 종자를 얻는 방법이었다. 하지만 특정 매개곤충에만 의존하는 것은 불안했다. 서로 영향을 주는 공진화는 정교한 만큼 범위와 대상이 좁아져 버렸다. 매개곤충이 사라지거나 난초가 사라지면 한쪽도 마찬가지로 소멸될 가능성이 높은 외길 진화 방식이었다.

해바라기 같은 국화과 식물은 진화 방식을 달리했다. 사방으로 열린 곤충들의 착륙장이면서 어디서든 꿀을 얻을 수 있는 곤충마저 다양하게 끌어들이는 방식으로 진화하였다. 벌과 나비 심지어는 파리목에 속하는 등에도 불러들인다. 국화과 꽃에 꽃잎이라고 불리는 부분은 사실 가짜 꽃잎이다. 곤충을 멀리서도 불러들이는 광고 전광판이고, 씨앗이 맺히는 위치인 안쪽에서 꽃은 따로 피어난다. 바깥에 피어나는 꽃잎은 혀를 닮았다 해서 '설상화'라 부르고 중간에 피는 꽃들은 대롱같은 구조라 '관상화'라 불린다. 꽃 피는 순서도 바깥에서 안쪽으로 서서히 피어나기에 개화기간도 길어 더 많은 곤충을 불러들일 수 있다. 가을에 국화전시회가 인기를 끄는 것은 바로 그 긴 개화기간 내내 지속적으로 풍기는 향기 때문이다.

이렇듯 다양한 매개자와 열린 방식을 택한 것이 국화과 식물이었고 지금도 드넓은 지역에 번성하고 있다. 해바라기, 구절초, 마거리트, 엉겅퀴, 쑥부쟁이, 고들빼기, 참취, 민들레, 잇꽃 등등 어느 계절이라도 그 꽃을 다양하게 피우는 것이 국화과 식물이 되었고 그 범위는 점점 넓어져 가고 있다.

반면 난초과 식물은 꽃 피는 특정 시기에 나타나는 곤충과 만나지 못하면 종자를 맺지 못하는 문제점을 가지게 되었다. 그들 영역은 좁아졌고 한정된 특정지역에서 특이한 난초종들이 생기게 되었다. 자연 번식이 어려우니 생체 일부를 떼어내 체세포분열로 새로운 개체를 만드는 조직배양이 난초 번식 방법이 되었고, 시험관에서 잘 커도 바깥에 나올 때는 세균과 바이러스 공격을 받으며 이겨내는 개체만 살아갈 수 있었다. 한정된 공간에서만 수분매개자를 구할 수밖에 없는 난초과 식물은 결국 유전자 다양성이 떨어지고 오래 모여 살면서 병에 걸릴 확률이 높았다. 하지만 아직도 전체 종수를 감 잡을 수 없을 정도로 수많은 난초들이 끊임없이 발견되고 있다. 난초들은 열대우림 등 습기가 있는 곳이면 나무, 절벽 등 어디든 호흡뿌리를 이용해 붙어 살아가는 기발한 생존전략을 가졌기 때문이다.

모체 식물에서 가까운 곳에서 자라는 어린 식물은 그 환경에 적응된 곰팡이, 바이러스 등의 질병이 흔하기 때문에 싹이 트면 똑같은 병에 걸리기 쉬웠다. 경쟁에도 치이고 씨앗은 멀리 떠나야 했다. 그래서 그럴까? 난초과 식물은 먼지같이 가볍게 종자를 만들어, 멀리까지 퍼뜨리는 전략으로 살아가게 되었다. 날아온 가벼운 씨앗은 영양분도 적어 적당한 흙 속 균사 도움 없이는 싹틈도, 성장도 못 할 정도였기에 '난초는 귀하다'는 악순환을 반복하게 되었다.

우리가 삶을 살아간다면 난초와 같이 특이하게 맞춘 편안하고 협소한 조건에서 살아갈 것인가? 아니면 해바라기처럼 열린 공간에서 다양한 매개곤충과 소통, 교류하며 번성을 누릴 것인가? 선택은 바로 당신이 타고난 기질이기도 하고 또한 선택에 달린 문제이기도 하다.

억새든, 갈대든

파스칼은 "인간은 갈대에 불과하다. 자연에서 가장 약한 갈대. 그러나 그는 생각하는 갈대이다."라 말한 것으로 유명하다. 갈대를 바라보고 있으면 인간이 가진 나약함에 슬퍼지기도 하지만 생각하는 존재로서 실존적 자신을 돌아보게도 한다.

갈대는 외대로 키만 멀쭉이 커서 강바람에 심하게 쏠린다. 강바람은 불어오는 방향이 일정한지 그 많은 갈대들도 수藪가 향하는 방향은 한 방향이다. 가늘고 길어 세찬 바람에 금세 부러지거나 쓰러질 것 같아도 보기보단 그리 연약하지 않다. 마치 인간 신념과 의지처럼 쉽게 무너지지 않는다.

이는 갈대 줄기에 비밀이 있는데 줄기가 흡사 접힌 낚싯대를 쭉 빼낸 구조와 흡사하기 때문이다. 잎은 줄기에 그냥 붙은 게 아니라 저 줄기 밑바닥부터 파이프처럼 감싸서 나온다. 그래서 아래쪽은 '잎몸'이 여러 겹 감싸고 있어서 튼튼하고 끝부분으로 갈수록 가늘고 유연

키가 엄청 큰 갈대에서 갈대꽃(수)이 피어나고 있다.

해 그 탄력으로 몸을 지켜내는 것이다. 낭창낭창하면서도 쉬이 부러지지 않는 낚싯대처럼, 바람을 타는 기술을 익히기 위해서 몸을 비워야 한다.

"풀은 속을 비우기에 변하는 세상을 먼저 감지하는 존재들이다." 우리가 잘 아는 시, 김수영이 지은 「풀」이라는 시에 이런 특성이 잘 나온다. 신영복 선생도 『담론』에서 김수영 시 「풀」을 인용한다.

> "양심적인 사람이 가장 강한 사람이었습니다. 김수영 시인의 시처럼 바람보다 먼저 눕지만, 바람보다 먼저 일어나는 풀이었습니다. 양심적인 사람은 우리 사회에서 차지하는 위상이 매우 낮습니다. 낮을 뿐 아니라 부정적이기까지 합니다. 그러나 양심적인 사람이야말로 가장 강한 사람이며 가장 인간적인 사람이 아닐 수 없습니다. 지식인이란 모름지기 양심의 사람이어야 합니다. 그 이외의 역량은 차라리 부차적인 것이라 해야 합니다."

지금 지구상에 제일 많이 존재하는 식물은 속씨식물이자 쌍떡잎식물이다. 갈대나 억새, 백합, 난초가 속한 외떡잎식물 무리보다 4배나 많다. 사람들에게 식물 싹트는 것을 그려보라 하면 보통 쌍떡잎식물을 그린다. 두툼한 떡잎이 두 장으로 균형감 있게 펼쳐지고 그 중앙에서 새싹이 돋는 것은 우리 머릿속에 남은 새싹 이미지이다. 그래서 갈대가 싹 트는 것을 그려봐라 하면 좀 당황할 수밖에 없다.

떡잎이 한 개라니? 헷갈리기 시작한다. 갈대나 억새나 벼가 가지고 있는 떡잎이라 불리는 부분은 사실은 새싹이다. 떡잎 자체가 없는 것인데 쌍떡잎이 두 개로 나오니 이와 견주어 그냥 외떡잎이라고 말한 것에 불과하다. 외떡잎식물 씨앗에는 배젖이라고 하는 영양분 조달기관이 들어 있어 떡잎이 하는 일을 대신하나 바깥으로 드러나지 않는다.

우리가 보통 아는 나무들은 대부분 쌍떡잎식물인데 속이 치밀하고 단단하다. 하지만 외떡잎 식물은 속이 엉성하거나 비어 있다. 수수깡 안경을 만들어 본 사람이라면 수수깡 속이 어떤지 잘 안다.

나이 든 어른들만 안경을 끼던 시절에 아이들이 수수깡 안경을 만들어 써보는 것은 짜릿한 체험이었다. 수수깡 안경을 만들려면 너무 아래쪽은 속이 비어 있어 중간 이상을 사용해야 한다. 껍질과 속대 모두를 사용해야 하므로 껍질은 벗겨 따로 놓는데 속대는 가볍고 잘 부러지므로 조심해서 다뤄야 한다. 하지만 바깥 줄기는 쉽게 끊어지지 않아 잘못하면 손이 베이기 쉬울 정도로 강인하다.

바람에 몸을 맡기고 이리저리 유연하게 흔들리는 갈대는 자기중심은 잃지 않더라도 유연하게 살아야 함을 가르쳐 주는 것은 아닐까? 사람관계도 좋아졌다가도 틀어지고 하는 것이 모두 자기 중심을 잡으려는 노력일 수도 있다. 속을 비우기에 오랫동안 흔들리더라도 중심을 세우고 뿌리 뽑히지 않는 외떡잎식물의 지혜를 배우고 싶은 것인지도 모른다.

너른 들판에 벼들이 익어 고개를 숙이고, 빈 이삭줄기를 그리 길게 뽑은 것은 나락이 익어 처지더라도 논바닥에 닿지 않기 위한 대비였

음을 늦게나마 깨닫는다. 가을 햇살을 머금고 바람에 황금 물결을 이
루는 풍성한 벼들이 예사로워 보이지 않는다.

시베리아, 극한의 원시림

나무들은 얼마나 낮은 온도에서 견딜 수 있을까? 나무는 우리가 상상하지 못할 정도인 영하 70도의 기온에서도 추위를 견디며 버틸 수가 있다고 한다.

한대지방인 북구 시베리아, 이름마저 생소한 오임야콘이나 베르코얀스크 같은 곳에는 낙엽송숲이 넓게 자리하고 있다. 이른바 툰드라 침엽수림지역이다. 나무가 자랄 수 있느냐 없느냐는 순간적인 최저온도가 얼마인가보다도 광합성을 통해 영양분을 생산할 수 있는 기간이 얼마나 되느냐가 더 중요한 문제다.

나무는 섭씨 5도 이하에서 효과적인 물질대사를 할 수 없다. 하루 평균 기온이 섭씨 5도 이상이 되는 날이 1년에 100일 이하로 떨어지는 곳에서는 어떤 종류의 숲도 유지되기 힘들다. 다르게 설명하면 월 평균기온이 섭씨 10도 이상을 기록하는 기간이 최소한 두 달 이상 되는 곳에서만 나무가 자랄 수 있다. 자기 몸의 유지를 위해 추위와 맞

운문산 석골사 앞 전나무. 극한의 시베리아에는 이런 뾰족한 첨탑 모양의 침엽수가
단순림을 이룬다.

서는 시기에 사용해야 할 양분의 분해량이 나무 생장량보다 많으면 그 환경에서는 더 살아갈 수가 없다.

전쟁실화를 담았다는 영화 〈마지막 한 걸음까지〉에는 2차 대전 후 포로로 잡혀, 시베리아 포로수용소를 탈출한 독일인이 나온다. 황량한 눈보라 속에서 생사를 헤매다가 작은 자작나무 한 그루를 발견하고 얼싸안는 장면이 나온다. 드디어 생명체가 살아갈 수 있는 땅에 도달한 안도감을 잘 표현했다.

지구 북반구 한대 침엽수림대는 인간이 접근할 수 없는 혹한의 기후이기에 원시림이 살아남을 수 있었다. 임업축적량은 열대우림과는 비교할 수 없을 정도로 낮지만 수종이 단순하고 곧게 자라서 목재자원 가치는 더 높다. 가문비나무류, 전나무류, 소나무류나 낙엽송류들이 늘씬하게 뻗는 키와 뾰쪽한 모양의 단순림으로 자란다.

이 지역은 겨울에만 접근이 가능한 '얼어있는 늪지대' 다. 이런 추운 지방은 공기 중에 먼지가 거의 없기 때문에 낮 동안 모아둔 토양 열기가 밤에 거침없이 그냥 하늘로 방사되어 버린다. 태양도 무자비할 정도로 센 빛을 내리쪼게 되어 기온 일교차가 매우 크고, 그 결과 아주 강하고 건조한 바람이 분다고 한다. 겨울과 이른 봄에 땅이 얼어붙게 되면 뿌리로부터 올라오는 수분만으로는 물이 매우 부족하게 되어 나무들은 가뭄현상에 시달리게 된다. 이들은 얼어 죽는 게 아니고 말라 시들게 되는 것이다. 이는 우리나라에서 겨울철에 나무가 죽는 이유와도 같다.

인간이 오래전부터 살아왔던 온대지방에는 원시림이 남아있는 곳이 없다. 한대지역과는 달리 온대지방은 식물종이 아주 다양하게 분포되어 있어 인간이 필요한 나무를 찾는 데 별 어려움이 없었다. 살 곳을 찾으러 들어가기 어려운 열대림과는 달리 비교적 쉽게 뚫어 갈 수 있고, 길도 내기 쉬운 장점을 가지고 있었다.

지난 200년 동안 온대지방 숲은 근본적으로 바뀌었는데, 이는 목재에 대한 수요를 폭발적으로 늘렸던 19세기 산업혁명으로부터 시작된다. 공장 건물을 만들고, 급속도로 늘어나는 도시민 집을 짓고, 늘어나는 탄광 갱도의 지주목을 세우고, 또한 폭발적으로 늘어난 신문이나 책 수요를 맞추고 하는 데 쓰였기 때문이다. 이런 결과로 현재 영국은 국토면적의 고작 6%가 숲이고, 독일의 경우는 100% 숲이었던 나라가 이제는 약 29%, 벨기에가 약 20%, 덴마크는 11%, 네덜란드는 약 8% 면적의 숲을 가지고 있다. 대부분은 농경지로 변하고 일부는 가장 잘 가꿔진 인공림으로 관리되고 있다. 이와 반대로 북미대륙은 그 옛날 눈부시게 울창했던 숲들이 서 있던 곳을 백인들이 톱과 도끼를 써서 정복한 뒤 내팽개친 결과, 오늘날에도 수백 킬로에 이르는 지역이 아무짝에도 쓸모없는 황무지로 변해 버렸다.

지구환경에서 비교적 원시림이 남아있는 곳은 양 극단의 환경이다. 하나는 열대우림이고 또 하나는 극한의 한대지역이다. 열대우림은 우리에게 익히 알려졌지만 시베리아 한대지역은 우리에게 낯선 곳으로 인식된다. 고구려의 기상이 있던 곳, 해동성국 발해가 찬란한 문화를 꽃피웠던 곳, 빼앗긴 나라를 되찾자던 독립군 투쟁이 찬란했던 만주와 잃어버린 우리 땅 간도지방은 우리 뇌리 속에서 점차 사라지는 공간이다.

이 시베리아 극한환경을 무대로 한 영화들이 많다. 인간의 강한 신념과 의지가, 혹한 환경에서 더 끈끈한 동료애와 더 열정적인 로맨스가 넘치는 내용을 담고 있다. 시베리아숲을 배경으로 살아가는 사람의 지혜와 심성을 담은, 일본 구로사와 아키라 감독이 만든 〈데루수 우자라Dersu Uzala〉, 러시아 알렉세이 유치텔 감독이 만든, 시베리아 원시림 목재를 가득 싣고 허연 연기를 내뿜으며 내달리는 증기기관차가 멋진 〈세상의 끝에서〔Kray the Edge〕〉 등등.

시베리아 일상이 내 체험처럼 생생하게 다가오는 슬라바 로스 감독이 만든 〈시베리아, 내 사랑〔Siberia, Monamour〕〉 등. 인간의 발걸음을 쉬이 허락하지 않았던 그 짙은 원시침엽수림, 시베리아 벌판으로 영화로나마 한 번 달려가 보시길 바란다.

나무의 최저생계비

몇 년 전. 울산 어느 사찰숲을 우연히 찾았었는데 그 울창한 숲 중간에 포크레인이 들어가 있었다. 너무 놀라서 눈앞에 펼쳐지는 모습이 진짜인가 실감이 나지 않았다. 그 숲은 장엄한 소나무들뿐만 아니라 서나무, 굴참나무, 노각나무, 팥배나무 등등 영남알프스 전체를 통틀어 가장 울창한 원시림과 가까운 숲이었다.

그런데 그 울창한 숲속에 포크레인이 들어가서 바닥을 긁고 있었다. 어린 나무들이 잘리고 통째로 뽑히고 어느 나무인지 모를 뿌리들이 이리저리 헤집어져 마치 걸레 조각처럼 너덜너덜하게 상해 있었다. 알아보니 절을 찾는 관람객 안전을 생각해 아름다운 숲길을 만든다는 것이었다. 기존 포장길이 넓게 나있는 터라 사람과 차가 어우러져 다니는데 별 불편함이 없었다. 그 당시 그렇게 하면 나무가 죽는다고 몇 번을 이야기했지만 사찰 측은 나무를 피해 그 사이로 길을 내기에 문제가 없다는 답변이었다. 나무만 보고 뿌리를 못 보는 것이었다.

울진 금강송 군락지. 숲이 발전할수록 나무 덩치가 커질수록 나무들의 최저생계비는 커진다.

우리가 공기의 고마움을 모르듯, 울창한 숲속에서 생활하는 분들은 나무 몇 그루 잘려져 나가는 것은 그다지 큰 문제처럼 여겨지지 않는가 보다. 일부 길은 수평을 맞춘다고 나무뿌리 근처를 60센티 이상이나 덮은 곳도 있었다. 사람 눈에는 보이지 않지만 나무는 언제나 외부에서 들어오려는 균을 막아내기 위해 지속적으로 피톤치트를 낸다. 나무 몸에 상처가 생기면 이를 통해 균이 들어오지 못하도록 더 많은 피톤치트를 낼 수밖에 없다. 원래 피톤치트라는 것이 자극과 상처가 있어야 나오는 것으로 잎을 통해 만든 영양물질이다.

나무는 광합성만 하는 것이 아니라 햇빛이 없는 시간에 자기 몸을 유지하기 위한 호흡도 한다는 것을 잊을 때가 많다. 자기 몸을 지탱하는 에너지와 필요한 호흡량은 사람으로 치면 최저생계비에 가깝다고나 할까?

나무 최저생계비는 자라는 정도나 위치에 따라 조금씩 다르다. 어린 나무들은 전체 광합성량의 3분의 1가량을 호흡작용에 이용하는 반면 나머지는 성장에 이용한다. 다양한 나무로 이루어진 숲인 경우에는 광합성량의 절반가량을 호흡으로 쓰는데, 늙은 나무의 경우에는 광합성량의 90퍼센트까지도 일상적인 호흡작용으로 소모한다고 한다. 숲이 발달하고 나무가 커질수록 생산하는 전체 영양물질에 비해 최저생계비로 지출하는 비중이 높기에 오래된 숲은 적은 훼손으로도 나무들이 치명적인 피해를 입는 것으로 추정해 볼 수 있다.

또한 상처면이 칼로 베이듯 반듯하면 치유도 빠르지만 포크레인이 긁어 뿌리가 너덜너덜하게 되면 상처는 쉽게 아물지 못한다. 평상

시에도 흙속에서 균을 막기 위한 항생물질을 끊임없이 분비하며 살아가는데, 노령목이 상처를 입으면 그 상처를 아물게 하기 위해 쓸 힘이 10퍼센트 정도밖에 없는 것이다. 그 힘이 다하면 오랜 시간을 두고 나무 몸 속으로 서서히 균이 침투한다. 나무와 균의 싸움은 10년 이상, 혹은 더 오래 걸릴 수도 있다. 상처는 오래전에 입었지만 그 피해는 서서히 진행되어 한참 지난 후에야 병듦이나 죽음으로 나타난다. 한참 뒤 나무가 죽으면 사람들은 이렇게 생각한다.

'이제 천수天壽를 다 누리고 죽었구나'

문제를 일으킨 그 사건은 까마득하게 잊혀졌을 때쯤이기에 나무의 죽음을 아무도 그 일과 연관시키지 못한다. 아무도 책임지지 않아도 될 완전범죄가 되는 것이다.

원래 나무뿌리 근처에 흙을 더 덮었을 때도 마찬가지다. 나무뿌리는 땅속 깊이 뻗어서 나무를 지탱하는 뿌리도 중요한 것이지만 더 중요한 것은 지표면에 있는 뿌리다. 지표면 30센티 안쪽에 있는 뿌리들이 영양분을 가장 많이 흡수하고 호흡도 활발하다. 자연 숲의 영양분은 흙 위에 낙엽으로 쌓이는 것이고 이는 지표에 많은 호기성好氣性 미생물 도움 없이는 영양분 흡수도 불가능한 일이기 때문이다.

오랫동안 숨 쉬던 뿌리 위로 두터운 흙을 덮는 것은, 사람으로 치면 목을 조르는 것과 같다. 숨을 못 쉬니 서서히 죽어간다. 이 죽음은 나무 꼭대기 끝 가지부터 온다. 가장 높이 솟아 있는 가지들이 서서히 말라 간다. 사람 눈에 빨리 뜨일 리가 없다. 눈앞에 있는 나무도 제대로 보지 못하는데 하늘 끝 가지 상태가 사람 눈에 들어올 리가 없다.

몇 해 뒤 그렇게 흙에 덮였던 서나무며 팥배나무는 벌써 끝 가지가 말라 들어가는 것을 보았다. 아마도 긴 세월을 두고 가지들을 줄여가고 안간힘을 쓰다가 서서히 죽어갈 것이다.

나무와 사람이 느끼는 시간은 다르고, 나무와 사람이 느끼는 감각도 다르다. 그 많은 이파리가 바람에 흔들리거나 애벌레에 갉아 먹히거나 나뭇가지에 앉은 새 한 마리 감각을 사람처럼 느낀다면 몸이 간질간질해서 한시도 가만히 있질 못할 것이다.

우리와는 다른 존재들, 그들 입장에서 한번 생각해 볼 때 우리 마음은 더 풍요로워지고 우리 스스로를 보는 마음도 더 깊어질 것이다.

2

자연과 닮은
조경문화를 꿈꾼다

수요일엔 빨간 장미를

어느 한적한 산골짜기에서 야생초를 키워 개인 정원에 꽃밭 만드는 일을 한 적이 있다. 의뢰한 분들은 '예쁜 꽃'을 심어 달라면서 각자의 취향대로 특정 꽃은 꼭 심어달라는 당부도 잊지 않았다. 자생풀꽃을 중심으로 조성하는 일을 했던 터라 기본 취향은 크게 다르지는 않았지만 좋아하는 식물을 심어달라는 요구는 조금씩 달랐다. 바로 조경석 중간에는 영산홍을, 담장 울타리에는 으레 장미를 심어달라는 요구였다.

봄날 다투어 피는 우리 들꽃들, 앵초니, 할미꽃이니, 금낭화들이 소박한 자태를 뽐내고 있는데 그 붉디붉은 영산홍이 무더기로 핀다고 생각해 보라. 그 붉은색에 숨이 막혀 맥도 못 추고 말 것이 상상되었다. 1980년대 중반 '다섯손가락'이 낸 〈수요일엔 빨간 장미를〉이란 노래를 성시경이 고혹적인 목소리로 다시 불러서일까? 우리가 가장 좋아하는 꽃은 어느새 붉은 장미가 되어 있다.

강변 공원을 뒤덮고 있는 꽃양귀비

야생초가 원색의 원예종과 비교하면 보잘것없는 듯 보여도 가까이 가보고 싶어 하는 이유는 꽃잎이나 암술, 수술의 모양과 색에 사람을 끄는 매력이 있기 때문이다. 여름철에 붉은 장미가 곳곳에 피어나면 색감이 너무 강해 속이 울렁거릴 정도다. 멀리서도 강렬하기에 가까이 가보고 싶은 마음이 생기지 않는다. 짙은색이라 오래 보기엔 눈도 피곤해 멀리서 보는 경관으로나 적당한 꽃이랄까? 자본경쟁사회에서 도심의 간판 색은 이제 튈 대로 튀어 버렸고 빨간 장미가 아니면 '나 여기 꽃 피었소' 하고 명함 내밀기도 어렵다는 생각이 들긴 한다.

조선 세조 때 문신인 강희안姜希顔(1418~1465)은 『양화소록養花小錄』 속 「꽃을 취하는 법」에서 "운치와 격조, 절조가 없는 꽃은 모름지기 완상할 것이 못 되니 울타리 가에나 담장 밑 아무 곳에나 심어서 가까이 하지 말아야 한다."고 했다. 꽃의 운치는 꽃을 취하는 데 있어 기본 조건이 되는 것이었다.

조선 후기 영조 때 유박柳璞(1730~1787)이 지은 『화암수록花庵隨錄』에서는 화목 품계를 9등급으로 나누고 1~4등은 운치를 중심으로 생각했는데 매화, 국화, 연, 대나무, 소나무, 치자, 동백, 배꽃, 정향, 목련, 옥잠화 등 28종에 벗 우友 자를 붙였다. 우리가 많이 심는 붉은색은 고작해야 5등과 6등으로 두고 "상지喪志(뜻을 상하게 한다)를 한다." 하여 멀리 하고자 했다.

설총薛聰(660년~730년경)이 지은 『화왕계花王戒』에도 임금을 그르치는 것은 붉은 장미였다. 조선 후기 이이순李頤淳(1754~1832)의 『화왕전花王傳』에서 임금으로 하여금 정사를 게으르게 만드는 것은 해당화였다. 또한 조선 성종이 궁중의 정원·화초·과실 등의 관리를 맡아보던 관청인 '장원서掌苑署'에서 바친 꽃을 요염하다 하여 물리친 것도 붉은색 영산홍이었으니, 이처럼 겉이 화려해서 사람을 현혹시키는 것을 경계하고 멀리하였다.

물론 유교 사회가 가진 경직성이 다양한 꽃 문화를 즐기는 데 방해가 되기도 했지만 현대인들보다 자연을 운치 있게 즐긴 선조들의 미적 혜안마저 놓치면 안 된다고 본다.

꽃이 가진 상징성은 오랜 시간에 걸친 서로의 공감이 누적되어 만들어진 것이지 누가 하루아침에 만든 것이 아니기에 더더욱 그러하다.

붉은색은 흥분과 혁명, 열정, 성적 욕망과 연관되는 색이다. 서구 전통 시각에서는 남자가 붉은 장미를 바치고 여자가 그걸 받으면 사랑을 받아들여 몸을 허락한다는 뜻이기에, 붉은 장미는 아무에게나 선물할 것이 아니었다. 이와 다르게 산수국을 떠올려 보면, 산수국의 상징은 맑고 고고함이다. 그 색상이 마음을 정갈하고 차분히 가라앉히는 오묘한 꽃이기에, 수국은 도를 닦는 선원에 반드시 심던 식물이었다. 색감 자극이 너무 강해 에너지가 넘쳐 탈도 많은 도시민에게 필요한 색은 오히려 푸른 기운이 감도는 산수국의 색일지 모른다.

사는 지역에서 해마다 열리는 강변 봄꽃축제는 한마디로 꽃양귀비 축제다. 아편을 만드는 원료를 없애고 만든 꽃양귀비는 꽃말이 위로, 위안, 몽상이다. 아편을 피우려는 사람들이 얻으려는 효과와 같은 상징을 품고 있다. 상징어는 그렇다 치더라도 혹 꽃양귀비 모양을 가까이서 살펴본 적이 있는가? 꽃잎은 넓어 해당화보다도 더 바람에 너불거리고 꽃잎 안쪽은 대부분 짙은 암갈색이다. 빳빳하지 않고 너불거리는 꽃잎을 가진 해당화를 전통적으로 '매춘부'에 비유했고 암수술이 가진 암갈색은 침체와 침울, 절망을 담고 있는 색으로 여겼다.

꽃이란 사람들이 자주 보며 사진에 담고 싶어 하고 또 많이 접할수록 친근감을 느끼게 된다. 그러다가 점차 씨앗을 받아가거나 집 뜰 안에 심게 된다. 꽃양귀비는 벌써 강변 갈대 속에 퍼지고 있다. 가시박이나 환삼덩굴 등 외래 식물을 없애려는 활동은 장려하면서 또 다른 외래식물은 퍼뜨리는 것은 이치에 맞지 않다.

조경을 한다는 것은 식물이 가진 좋은 영향력을 생활 주변에 끌어들여 시민의 만족과 삶의 질을 끌어 올리는 데 그 목적이 있다. 아무 꽃이나 화려하다는 이유 때문에, 단지 적은 예산으로 넓은 면적을 조성할 수 있다는 생각으로 접근해선 안 된다. 강한 색은 양념처럼 약간만 쳐야지 그걸 많이 쓰면 천박하게 보인다는 것을 알아야 한다. 조경에 대한 철학도 없고 가장 천한 꽃을 가장 효율적으로 행정이 주도해서 퍼뜨리고 있는 모습이 안타깝다.

식물 신비로움 없애기 프로젝트

문화유적지에 가면 심어 놓은 식물들이 상징성에 맞게 심겼는가를 유심히 본다.

수운 최제우 유허지(수운 선생이 초가를 짓고 수도생활을 한 터)를 들렀는데, 동백꽃이 피고, 벌써 일부는 붉은 꽃을 덩이째 툭툭 떨구어내고 있었다. 무능한 왕조를 바꿔 보국안민輔國安民 땅으로 지상천국地上天國을 만들려 했던 동학군의 기개가 느껴진다. 그들은 관군에, 일본군, 청나라군에 저 동백꽃처럼 나가떨어졌다.

외세에 위태로운 조선을, 자기 고장, 가족을 지키려는 마음에 나라꽃 무궁화가 빠질 수 없다. 그런데 가지치기를 한 모양이 모두 목잘린 무궁화들이다. 무슨 저주의 장난인지? 나라꽃 관리에 위신도 체면도 서지 않는다.

가로수가 한 해 아무리 힘찬 가지를 뻗어도 기계톱은 한순간에 간단히 정리를 해버린다. 성장이 강할수록 뭉뚝하게 잘라진다. 밑게 잘

해국. 식물생태를 고려해 잘 키우면, 신비한 아름다움을 우리에게 선물한다.

린 겨울 가로수에게는 눈 맞추기가 미안할 정도다. 어서 새순이 나고 가지가 자라 무성히 덮어지길 바랄 뿐이다.

꽃밭을 조성하는 데도 너른 땅에 모내기하듯 줄을 맞춰 심는다. 자연에는 경계를 알 수 없는 비정형 군락은 있어도 줄을 맞추는 법은 없는데도 말이다. 오와 열이 군대 사열하는 듯 짝짝 맞다. 식물종마다 원래 자라던 조건도 고려 없이 획일적으로 심겨진다. 어떤 식물은 바닷가 절벽에 붙어 자라던 식물이고, 어떤 식물은 바람 강한 언덕에 피던 식물이고, 어떤 식물은 거친 돌너덜을 뒤덮고 자라던 식물이었다. 올려다볼 때 느끼는 입체감도, 굴곡감도 없이 서 있는 자세로 눈 아래로 깔아 보게 된다. 잠시 그들 눈높이로 앉아 눈을 맞춰보는 사람은 몇이나 될까?

잠시 꽃만 피우고 지면 뽑아 버릴 존재이기에, 생육조건은 크게 문제가 되지 않는다. 거추장스런 풀 뽑기를 피하기 위해 대규모 군락을 지은 꽃밭에는 비닐 멀칭도 등장한다. 식물 사이사이로 검은 비닐이 번들거리면 노란 국화와 색이 대비되어 묘한 설치예술을 만든다. 조경업자의 편한 관리방식에 우리들 눈을 맞춰야 한다.

이벤트를 위해 간혹 온갖 모양의 마스코트에 꽃들로 장식한다. 이제 국화 한 송이는 그 색을 만드는 도트(점) 하나에 불과하다.

한 송이 꽃을 피우기 위해… 봄부터 울었을 만한 '국화꽃'이나 "오목한 배에 피어났고, 허벅지로는 크고 작은 황금빛 꽃잎들이 분분히 떨어질 만한"(『채식주의자』, 한강) 자연스러운 '주황색 원추리'는 찾을 길이 없다. 국화는 여러해살이인데도 축제에 꽃만 피우면 뽑히고 뒤집어진다. 차라리 일년초라면 덜 미안할 텐데… 예산은 매년 나오니 가꾸는 것보다 더 효율적인 방식인가? 꽃이 없는 이파리만 무성한 국화는 시민들 항의라도 받을 것이라 여기는지. 모든 것은 '꽃'이라는 성과에만 집중된다.

식물원에도 간혹 피는 꽃이 드물 때가 있다. 늦은 봄, 봄꽃들은 거의 다 피고 아직 여름꽃이 꽃봉오리를 준비하는 계절이 오는 것이다. 관람객은 식물원을 둘러보고는 "식물도 별로 없네요." 하고 자연스레 내뱉는다. 오늘 온 관람객을 위해 꽃이 피어있지 않으면, 식물로서 존재조차 인정받지 못한다. 사람의 가치 기준이 마치 직업과 연봉에 맞춰지듯 식물은 모든 것이 개화의 화려함에 집중된다.

식물 일생에 꽃만 있는 것이 아니다. 땅에서 새순이 올라올 때도 있고 잎이 자라 영양분을 모으고, 기다리다 봉오리가 맺혀야 꽃이 피는 걸 볼 수 있다. 그 과정 하나하나를 지켜봐야 꽃을 피우는 순간 아련한 감동이 찾아온다. 곧 꽃도 시들고 열매가 익어가고 무성하던 잎들도 말라 들어가는 것을 보는 것도 삶의 일부분이다. 이 과정도 음미하고 해석하는 것이 인문적인 시각이고 전체성을 회복하는 것이다.

도시민들은 꽃을 찾아 산으로 들로, 이름난 사찰 매화를 찾아 봄맞이를 나가는 철이다. 보살핌과 기다림 없이 모든 것은 타이밍이 결정한다. 슬프다. 그 짧은 한철만 들여다보는 매화나무도. 그 이후로 매실에만 관심을 가질 사람들 때문에 슬플 것이다.

감나무, 배나무, 사과나무 등 모든 과실 수확의 편의를 위해 프로크로스테스 침대에 묶인 것 같은 신세가 되어버렸다. 이제 '식물 신비로움 없애기 프로젝트'는 완성되었다. 우리에게도 그 존재 자체로 사랑할 수 있는 신비로움에 대한 감성도 같이 사라지고 있다.

자연을 닮은 조경문화

산골에서 식물을 키우며 살 때의 이야기다. 마침 마을이 '테마마을'로 지정되어 마을 가꾸기가 한창이었다. 마을 위 계곡에 자생하던 금낭화를 캐서 들어오는 길 양쪽에 심었다.

원래 자생하던 식물로 가꿨으니 마을 특색을 잘 살려주었다. 면사무소에서도 연락이 왔다. 마을 가꾸기에 필요한 나무를 무상으로 나눠주려고 하니 받아가란다. 무슨 나무냐, 꽃색은 무슨 색이냐고 묻고 난 다음, 아무래도 그 새빨간 영산홍은 받지 않는 것이 좋겠다고 말했다.

그다음 날 동네 어르신들이 역정을 내었다. 무상으로 나눠준다는 나무를 총무가 거부했다고. 무조건 받아야 한다는 것이었다. 도시 사람들은 마을과 그를 둘러싼 아름다운 자연풍광을 보러 오는데 정작 마을은 그 풍광에 전혀 어울리지 않는 일본 원예종인, 빨간 영산홍을 심으려 하고 있었다.

자연스레 조성된 원추리 군락지. 우린 자연숲을 닮은 도심공원을 언제 만나게 될까?

옛날 우리 조상들의 조경에 대한 생각은 어땠을까? 서양의 조경양식이 다듬어 자연을 지배하거나 추상화된 아름다움을 강조한 것이라면 우리 정원은 자연스러운 아름다움을 강조한 것이 특색이었다. 일본인들 조경원리도 자연을 축소하여 지배하려 드는 것은 예외가 아니었다.

우리 선조들은 자연에 순응하는 것을 바탕으로 삶을 이어왔다. 자연의 섭리를 깨트리지 않으면서 자연에 몸담고 살고자 하는 의식이 밑바탕을 이루고 있었다. 자연 속 삼라만상은 대립적이지 않고 같은 몸이며, 서로가 서로의 일부로서 조화를 이루고 있을 때 사람은 가장 편안할 수 있다고 보았다.

따라서 조경에서 바위를 놓을 때도 중국처럼 기암괴석을 모로 세우거나 도전적인 것은 되도록 피하고 가장 편안한 모양으로 놓았다. 큰 물살에 바위가 구르다가 자기 자리를 잡은 것처럼 자연스레 심었다. 자연을 거스르지 않는 범위 안에서 인간생활과 조화를 꾀하는 방법이었다. 우리나라는 선사시대부터 자연은 신비롭고 무한한 가능성을 지닌 것으로 믿어 이를 숭배 대상으로 삼았다. 자연공간에 인공 구조물을 만드는 것은 대단히 조심스런 일이었다.

정원을 만들기 위해 자연지형을 허무는 일은 삼갔으며 토질을 변경시키는 일 따위는 피했다. 자연에 인공시설을 만드는 경우에도 최소한에 그쳤으며 자연을 지배, 대립하지 않고 융화되고 어울릴 수 있게 해 자연이 원래 가진 운치와 본래의 멋을 잃지 않게 하였다. 연못을 만들 때도, 지나는 계곡물 일부를 막아 경관을 즐기는 데 그쳤다. 물이 흐르고, 잠시 고였다가 넘쳐 흘러가는 것이 순리였다. 연못이나 폭포는 만들었지만 분수는 만들지 않았다. 물은 낮은 데로 흐른다는 자연 원리를 거역한다는 생각에서였지 기술이 없어서가 아니었다.

나무를 심을 때도 줄을 맞춰 심지 않았고 숲에 자라는 나무처럼 무작위로 심었다. 지금 공공조경의 관목처럼 숨이 막힐 정도로 빽빽하게 심지도 않았다. 가지가 직각으로 뻗치는 나무는 자연스럽지 않다고 피하고 자연스레 비스듬히 뻗는 나무를 좋아했다. 꽃이나 나무는 자연스럽게 자라도록 하고 모양을 다듬는 가지치기는 되도록 피했다. 분재 나무처럼 그 성장을 억제하지 않고 마음대로 자라게 해 나무마다 가진 특성이 자연스레 나오게 하는 것이 중요했다.

파초를 심은 이유 중의 하나가 큰 잎에 떨어지는 빗소리를 듣는 것이었다고 하니 그 빗소리는 얼마나 리듬감이 넘칠까? 잎이 넓은 토란도 집 뒤뜰 가까이에 심었다. 그 빗소리를 즐기고, 약하게 오는 부슬비도 금세 알아차려 마당에 널린 빨래나 농작물을 빨리 거두게끔 하는 지혜가 담긴 식물이었다.

전통가옥은 창문을 열면 바깥 풍경이 바로 눈에 들어왔다. 울타리 안이 아니더라도 바깥 풍경을 창이나 방문을 통해 방 안으로 모셔왔다. 방문에 산이 있고 안개가 있고 구름이 있었다.

산에 꽃이 피면 꽃 풍경을 빌리고 단풍이 들면 단풍 풍경을 빌리는 것이었다. 밤이 되면 달과 별을 빌리고 벌레 울음소리를 빌렸다. 그래서 보이는 집 지붕이 산 능선을 가리지 않도록 신경을 썼다. 문을 통해 끌어들이는 세상은 넓었기에 초가삼간이지만 좁다는 느낌이 없었다.

밤에는 달빛에 비치는 흰 배꽃을 즐기려 하였고 비 오는 날을 잡아 연못을 거닐었다. 바람에 서걱대던 대나무 소리 듣길 좋아했고, 주변에 대나무가 없으면 사람이 '속되진다'고 경계하였다. 뜰 안에 심는 나무, 꽃 하나도 신중했고 심신을 수양하는 매개로 연결한 선조들의 정신세계는 얼마나 격조 있고 고상했던가? 너른 땅에 엄청난 수량으로, 화려하기만 한 사진 배경용으로 심는 현재 조경문화를 보면 답답하기 그지없다. 이제 초화류 꽃밭에는 비닐멀칭까지 등장하고 있다.

자연 속에는 피어 있을 자리에 소복이 피거나, 가파른 바위틈에서 한두 송이 꽃으로도 감동이 밀려온다. 인공적인 환경에서 자연에 대한 갈증과 그리움을 만족시켜주는 자연스러운 공원은 언제나 보게 될까?

토종 식물은 추억과 감성을 지닌 정서식물

한때 자생식물을 많이 가꾸자는 붐이 일던 시절이 있었다. 그것이 우리 자생식물에 대한 애착이었는지, 아니면 예전 우리 뜰을 장식하던 우리 꽃밭에 대한 향수였는지 모르지만 지금은 다들 시들해졌다. 실패는 자생식물마다 생태를 무시하고 제대로 관리 못 하는 행정의 낮은 원예관리기술 때문이었지만 자생식물 자체의 문제처럼 그 책임을 뒤집어썼다.

그 이후 국제화, 세계화를 넘어 글로벌 시대에 자국의 식물이 가진 가치를 주장하는 것이 국수주의적인 태도인 양 지구적 세계화 분위기에 촌스러운 행태처럼 비치기도 한다. 게다가 인간은 끊임없이 자극과 흥분을 갈구하는 존재라 같은 풍경에 쉬이 식상해지고 만다. 외국여행을 다녀온 사람들이 본 외국 풍광 속에 깃든 식물을 보고 감동했을 때 그때 추억으로 그 식물을 사랑하게 된다. 한마디로 식물은 추억과 정서와 이야기를 품고 있는 것이다.

꿀풀 꽃밭. 우리는 언제 꿀풀 꽃밭을 조성해 본 적이 있나. 가능성은 우리가 만들어가는 것이다.

식물원에 나이 든 노인 분들이 찾아오면 여러 가지를 고려해야 한다. 노인분들의 체력도 체력이니만큼 모든 코스를 다 돌기보다는 꼭 필요한 주제원을 중심으로 돌게 된다. 나이 든 분들은 화려하고 사진이나 잘 나올 법한 자리를 좋아하고 또한 '식물에 대한 설명이 뭐 그리 대단하랴' 하고 그냥 건성으로 듣는 듯했다. 초여름이어서 햇빛을 피하고 그늘 있는 곳을 위주로 안내했는데 모시풀 앞에 서니 분위기가 확 달라졌다.

한 할머니가 모시풀 껍질을 벗겨 실을 삼아 모시천을 짜던 예전 이야기를 하시자, 옆 할머니들도 맞장구를 치면서 갑자기 화색이 확 도는 것이었다. 그분에게 모시풀은 허벅지 살을 갉아먹던 고된 노동의 피눈물 어린 식물이었던 것이다. 식물원은 한 번도 보지 못한 기묘화초만 생각했는데 예전 시어머니 등쌀에 초죽음의 노동을 강요받았던 모시풀을 만날 것이라곤 생각도 못 했던 것이다. 그것도 좋은 자리에 귀하게 대접받으면서 말이다.

또 향기향수원에서 마당비를 만들었던 비짜루를 만나고 과꽃을 만나고 맨드라미를 만나고 꽈리를 만났을 땐 노인분들은 어느새 중년이 되어 있었다. 그때 그 시간으로 돌아가 그 당시 이야기를 하는데, 그전까지 보았던 굼뜨고 말 없는 모습이 아니었다. 어느새 한창때로 돌아가 있었고 생기가 돌았다.

얼마 전 애반딧불이 복원 행사에서 가족 단위로 반딧불이를 개울에 풀어주는 일을 잠시 도왔다. 아이들보다 이제 부모가 된 어른들이 더 많은 관심을 보였다. 시골에 살았다면 어렸을 때 흔히 보던 개똥벌레에 대한 향수가 살아난 것은 아니었을까. 그 복원 행사 홍보지에도 '정서곤충' 이라는 글자가 찍혀 있었다.

우리나라 토종 식물은 어떻게 보면 다 '정서식물' 이다. 향수를 일으키게 하는 이야기를 품고 있다. 그런 식물이 우리 주변에 없기에 자연히 전승할 옛이야기도 사라지고 전통 가치도 다음 세대에 전달할 기회를 갖지 못하고 만다.

토종 식물은 단지 어린이용 자연학습장 교육 소재로 단순하게 볼 것은 아니다. 토종 식물을 많이 심으면 빠른 변화의 시대를 겪었던 어른들은 정서를 위안받을 수 있다. 국화축제에 아무리 많은 국화를 심은 들 우리 정서와 연결되지 못한다면 감동도 없고 겉치레에 지나지 않는다.

국화라 하더라도 포기 전체가 반구형으로 빽빽하게 피는 이름 모를 원예종보다 바람에 하늘거리는 키 큰 하얀 구절초나 청보랏빛으로 소복하게 피는 쑥부쟁이, 꽃은 작지만 향기가 짙은 산국이나 감국이 공원의 꽃밭을 덮는다면 훨씬 좋을 것이다.

땅에 바짝 붙어 낮게 꽃이 피는 국화종을 수량으로 밀어붙이는 방식보다 들판에 무더기로 피어나는 들국화 같은 풍경 말이다.

지천으로 널린 국화꽃들을 보며 인공적으로 조성한 꽃들의 밋밋함을 본다. 제초 작업을 피하려 비닐로 멀칭까지 한 광경은, 먹는 작물인지 우리의 일상에 정서적 공간을 만들기 위한 꽃밭인지 헷갈리게 한다. 꽃밭을 조성하는 데 철학이 없고 조경 연출에 대한 고민이 없어 보인다.

외국인들이 우리나라 공원을 찾았을 때 감동을 받아, 혹 평생 추억으로 남을 한국적인 토종 식물로 가꿔진 곳이 있을지 아쉽기만 하다. 식물 세상에서도 화려한 원예 품종으로 개발된 이국의 꽃을 더 귀하게 여기는 문화가 판을 친다. 우리 스스로가 우리 꽃으로 소박한 꽃밭을 만드는 일에 스스로 부끄러워하고 있는 형국이다. 과연 우리는 묵어 친근한 정서 속 식물들을 되찾을 수 없는 것인가?

식물 터부에 대한 이야기

지인과 차를 타고 가다 큰 능소화가 밑둥이 잘린 채 말라가는 것을 보았다. 내 팔뚝 굵기만 하게 굵은 능소화가 벽에 붙은 채 완전히 말라 있었다. 그 정도까지 자라려면 족히 30~40년 이상은 되어야 하지 않을까 싶었다. 건물을 짓고 나서 능소화를 심었을 것인데, 건물 수명을 생각하면 그 정도 나이를 가졌으리라 생각했다. 건물을 재건축하기 위해서 잘랐는지는 모르겠지만 꽃이 활짝 폈을 때 그 장관을 한 번 보지 못한 것이 아쉽고 아까웠다.

능소화는 중국에서 들여온 식물로 우리들에게 오랫동안 익숙해서 그런지 누구나 좋아하는 식물이다. 꽃 모양이 나팔꽃 같은 통꽃이고 점점 좁아지는 깔대기 모양으로 생긴 아름다운 꽃이다. 특히 덩굴 중간 중간에 나온 붙임뿌리가 힘이 좋아 무엇이든 잘 타고 올라간다. 성장 속도도 빠르고 덩굴이 주렁주렁 늘어진 채 주황색 꽃을 피우면 꽃사태 같은 장관을 이룬다. 미국은 우리나라에 들어와 있던 능소화를

독일 도심 건물. 외벽에 덩굴식물이 타고 올라가는 모습이 아주 자연스럽다.

가져가 꽃이 더 붉은 미국 능소화를 만들었는데 이것이 트럼펫 바인 Trumpet Vine이다.

능소화 꽃을 만지면 그 꽃가루 때문에 실명할 수 있다는 속설이 있었는데 산림청 국립수목원에서 조사·연구한 결과 그런 독성은 없음이 밝혀졌다. 빛깔이 곱고도 품격이 있어서 '양반꽃'이라 불리는 통에 평민은 심지 못하게 하였다는 속설이 있다. 신분 차별이 이런 이야기들을 만들어낸 것이라 짐작할 수 있다.

무궁화에 얽힌 이야기에도 이와 비슷하다. 일제는 무궁화를 보고 있거나 만지면 그 꽃가루가 눈으로 날아와서 눈에 핏발이 서고 눈병이 난다는 소문을 퍼뜨려 '눈의 피꽃'이라 부르고 기피하게 했다. 또 '부스럼꽃'이라 하여 가까이서 보거나, 만지거나 피부에 닿으면 꽃가루가 살에 떨어져 부스럼이 난다고 해 멀리하게 만들었다. 하지만 『동의보감東醫寶鑑』에서는 이질이나 설사를 멎게 하고 옴이나 부스럼을 오히려 치유하는 약효가 있다고 전한다.

모든 속설이 문제 있는 것은 아니다. 예전에는 '감나무에 올라갔다가 떨어지면 죽는다'고 믿게 해 감나무에 함부로 올라가지 못하게 했다. 이는 감나무 가지가 겉보기보다 너무 잘 부러져 생긴 속설이다. 실제 감나무는 까치가 둥지를 짓지 않는 나무다. 어릴 때 감나무에 올라갔다가 가지가 부러져 떨어지면서 배를 심하게 긁힌 적이 있었다. 가지도 날카롭게 찢어지기 때문에 옛날 사람들은 이런 위험성을 알고 있었던 것이다.

우리나라 전통 시각으로는 큰 나무가 마당에 있으면 그리 좋게 보지 않았다. 집 안 중간에 나무가 있는 것을 곤할 '곤困'이라 한다. 빈곤이나 피곤이라는 단어에서 보듯이 그늘이 짙어 음습해지면 병원균이 생기거나 큰 나무 가지가 부러져 집을 칠 수도 있다는 우려 때문에 나온 생각이 아닐까? 또 문 중간에 나무가 서 있으면 한가할 '한閒'이 되었다. 현대인의 생각으로는 한가하면 여유로워 좋은 뜻으로 여길 수도 있으나 일이 없어 나무그늘에나 앉아 게을러지는 상태가 '한가하다'였으니 대문에서 집 안을 들여다 볼 때 중간에 나무가 보이면 좋지 않은 형세라 여겼다.

벽을 잘 타고 올라가 요즘 벽면 녹화용으로 주로 쓰는 덩굴성 식물들에 대한 우리 인식은 긍정적이지 않다. 담쟁이덩굴, 송악, 마삭줄, 아이비, 줄사철나무, 그리고 위에 언급한 능소화 등도 여기에 해당한다. 덩굴이 벽을 타고 올라가면 집안에 좋지 않은 일이 생긴다느니 하는 부정적인 터부가 많다.

예전 집들은 목구조 뼈대에 황토흙이었으니 덩굴나무들이 타고 올라가면 어찌 되었겠는가. 당연히 벽에 흙이 떨어지고 벽 자체가 피해를 보았을 것이다. 이런 실질적인 피해가 속설을 만들었다고 생각한다.

우리나라 사람들은 건물 외벽에 덩굴성 식물을 심는 것을 꺼려하는 경향이 크다. 건물을 망친다느니 식물을 타고 벌레들이 집 안에 들어온다느니 여러 가지 꺼리는 이유를 만들어댄다. 요즘 건물은 대부분 철근 콘크리트라 덩굴식물에 무너질 염려는 없을 것이니 과거 속설에서 하루속히 벗어날 필요가 있다. 새 건물도 바깥에 비싼 외장재를 굳이 붙일 것이 아니라 바로 덩굴식물을 심어 올리는 것이 어떨까 한다. 그러면 건축 비용도 절감되고 겨울에는 보온이 되고 여름에는 외부 열기를 차단해 준다.

공공건물부터 과감히 덩굴식물을 심어 건물 벽을 녹색잎으로 덮는 시도를 할 필요가 있다. 덩굴식물은 건물 열기를 막고 우리에게 시원함을 안겨주는 고마운 식물이다. 외벽에 덩굴식물을 심어 올리면 건물주에게 혜택을 주는 조례를 만드는 것은 어떨까? 도심을 메운 콘크리트 건물이 위요감 넘치는 녹색 건물로 바뀐다고 상상해 보라. 시대에 뒤떨어진 식물 터부taboo 의식부터 먼저 사라져야 한다.

무궁화를 아름답게 피우려면

무궁화는 이른 아침에 봐야 가장 싱그럽다. 이슬을 머금고 뜨는 해를 맞이할 때 가장 나라꽃으로서 숭고한 모습을 보인다. 해가 중천에 뜨면 그 싱싱한 기운이 떨어지고 꽃잎에서 맥이 빠진다. 무궁화 한 송이는 하루만 피지만, 새로운 꽃들이 계속 석 달 넘게 피고 지는 끈기를 갖고 있다.

나라꽃은 무엇이든 예쁜 꽃으로 정한다고 흔히 생각하지만 꼭 그렇지만은 않다. 한 국가가 겪어온 역사적인 경험, 정서적 공감대가 중요하다. 덴마크는 붉은토끼풀이고 라오스는 벼, 스코틀랜드는 엉겅퀴, 아일랜드는 흰토끼풀이다. 우리가 볼 때 아름다움과 거리가 멀지만 자신들에게는 역사적으로나 정서적으로 통하는 것이 있다.

무궁화의 원산지가 밝혀진 것은 최근 일로 인도 북부, 중국 윈난성, 쓰촨성 근방에서 야생으로 자라는 것이 발견되었다. 국내에는 원예용으로 키우는 것이 대부분이고, 야생으로 자라는 것은 발견된 적

무궁화는 외대를 살려 독립수로 키우면 아름다운 나무이다.(기청산식물원)

이 없다. 전 세계적으로 무궁화는 200여 품종이 있고, 국내에만 70여 종이 있다. 무궁화연구회라는 단체는 무궁화꽃 표준을 흰 바탕에 붉은 단심(백단심계)이 들어간 홑꽃으로 정한 바 있다. 백의민족이 가진 정서를 고려한 것이라 본다.

언제부터 나라꽃으로 인정되어 왔는지는 밝혀지지 않았지만 수천 년 전의 중국 지리서인 『산해경山海經』에는 우리나라를 근역槿域(무궁화가 많이 자라는 땅)이라 했고 서로 양보하여 다툴 줄 모르는 군자의 나라라고 했다. 일제강점기에는 남궁억 선생이 민족혼을 상징하는 무궁화 묘목을 대량 재배하여 전국 교회와 기독교계 학교에 심도록 해 민족혼을 일깨우는 일을 하다 고초를 겪었다. 이를 계기로 일제는 전국의 무궁화를 뽑아 짓밟고 불태워 버렸다. 수많은 외세의 침략 속에서도 자주독립국가를 지켜온 우리 민족에게는 정서적으로 무궁화나무가 광복, 독립의 상징이 되었다. 하지만 무궁화는 진딧물도 많고 지저분하여 나라꽃으로 하기엔 문제가 많다는 주장이 식물 전문가에 의해 제기되기도 하였다.

하지만 나무 속성을 제대로 모르고 키운 후세대 책임이 크다. 무궁화가 아름다운 꽃으로 인식되지 못하는 데 나름의 이유가 있었다. 우리 주변에 가장 많이 심어진 무궁화는 '새한'이라는 품종인데, 1960년대 미국에서 자라던 흰 장미꽃 같은 겹꽃 무궁화에 도취한 한 식물계 인사가 국내로 들여온 품종이다. 오래전부터 관광지로 개발된 경주 문화유적지에 있는 오래된 무궁화들이 대부분 이 품종이다. 이 새한은 꽃이 져도 나무에 덕지덕지 붙어 떨어지지 않아 추하다. 무궁화는 피는 모양새보다 지는 모양새를 더 신경써야 할 나무다. 꽃잎들이 져도 추하게 매달려 말라가는 모습을 보이는 품종은 피하는 것이 좋다.

동백이나 능소화처럼 절정을 지나면 깔끔히 툭 떨어지는 꽃은 얼마나 정갈한가? 아름답고 좋은 새 품종의 무궁화가 많이 개발되어도 이미 크게 자란 나무를 교체도 못 하고 있는 것이다.

또 하나 문제는 무궁화를 키우는 방식이다. 지금은 많이 나아졌지만 예전에는 무궁화를 생울타리처럼 빽빽하게 심고서 봄철마다 일정 높이로 나무 모가지를 잘랐다. 나라꽃 나무 목을 치던 관리법은 그 상징성도 문제가 많지만 나무 특성에도 맞지 않는 관리법이었다. 공원에 조성한 무궁화원을 봄철에 가보면 밀식한 무궁화나무를 완전 까까머리로 만들어 놓는다. 잘려도 금세 순이 잘 돋으니 더 마구잡이로 자른다. 무궁화는 중심 줄기가 뚜렷한 나무로 키워야 한다. 원래 뿌리에서 가지가 여러 개 올라오는 속성(관목 특성 중 하나)이 있으므로 튼실한 중심 줄기 하나만 남겨 큰 나무로 키우는 것이 좋다.

마지막으로 진딧물이 많이 끼는 문제는 전통적으로는 담배 우린 물을 뿌리거나 마요네즈를 물로 희석해 주는 등 몇 가지 친환경 방법이 있다. 우선 진딧물이 즙액을 빨아도 견딜 수 있는 영양 공급이 충분히 되어야 한다. 무궁화는 꽃을 많이 피우는 만큼 퇴비를 많이 필요로 한다.

영양분이 많은 나무에 붙은 진딧물은 금세 천적인 무당벌레 먹이가 된다. 가꾸지 않은 도로변 무궁화는 갈수록 장관인데 공공기관이 조성한 무궁화 주제원 나무들은 왜 노랗게 곯아 가는지 알지 못한다. 무궁화는 물기 있는 촉촉한 땅에 심어야 한다거나 거름을 많이 필요로 하는 식물이라는 기본적인 사실도 모른다.

우리 원예 문화는, 심은 뒤 관리하지 않아도 잘 사는 식물 위주로 많이 심는다. 새로 심는 일만 중시하고 심은 뒤에 관리문화는 아주 젬병이다. 이런 원예 문화 속에서 어디서나 잘 크는 강한 종들만 지천으로 피어나 어디든 흔한 풍경만 양적으로 늘려간다. 나라꽃을 사랑해야 한다고 말로만 외칠 것이 아니라 나무 속성을 제대로 알고 아름답게 꽃 피우는 노력이 필요하다.

광복 75주년이 지났지만 나라꽃 무궁화동산 하나 제대로 아름답게 키워내지 못하는 게 아쉽다. 무궁화는 오히려 유럽이나 일본이 가로수로 잘 키워 장관을 만들고 있다는 이야기를 전해 들었다. 언제 무궁화나무가 제 속성대로 자라 장관을 이루면서 피어나는 감동적인 장면을 볼 수 있을까.

일제강점기의 흔적을 지닌 나무들

　어릴 적, 당시의 국민학교에 많이 심었던 나무들은 플라타너스나 북한에서는 방울나무로 불리는 양버즘나무 또는 학교 건물 앞에 줄지어 나란히 심어져 있던 가이즈카향나무였다.

　지금도 역사가 오랜 초등학교를 가보면 화단에 줄지어 있는, 휘돌아가는 나선형 모양을 지닌 이 향나무를 만날 수 있다. 수년 전 국립공원관리공단은 광복 70주년과 을미사변 120주년을 맞아 계룡산 중악단(보물 제1293호) 앞에 심어진 가이즈카향나무 두 그루(수령 약 80년 추정)를 없애고, 우리나라 고유종인 반송을 심었다. 계룡산 중악단은 국가 안위를 위해 산신 제사를 지내던 제사 터로 현재 조선시대 삼악(상악 묘향산, 중악 계룡산, 하악 지리산) 중 유일하게 남아있는 곳이다. 그간 중악단 문간채 앞에는 일본의 대표 조경수인 가이즈카향나무가 심어져 있어 민족 정체성을 망가뜨리고 있었다.

　가이즈카향나무는 일본인 가이즈카[貝塚]란 사람이 향나무를 개량해 만든 것인데 일본 신사 등에 주로 심어졌다. 경술국치를 앞둔 1909년 1월 이토 히로부미가 대구에 방문했을 때 달성공원에 두 그루를 기념 식수한 것을 계기로 이후 일본인 거주지, 행정관청, 학교 등에 집중적으로 심어진 것으로 알려져 있다. 대구 신사를 만들 때 주변에 일본인이 좋아하던 이 나무 군락을 조성했다고 하는데 그 신사는 오래전에 없어졌지만 그 흔적은 아직 가이즈까이부끼〔貝塚息吹〕로 남아 있다.

덕수궁 석조전 뒤에는 한국 1호 마로니에가 자라고 있는데 네덜란드 공사가 1913년 고종황제에게 선물한 나무라고 한다. 서울 동숭동 대학로의 마로니에 공원에 자라는 나무는 사실 유럽산 마로니에가 아니고 일본 원산의 칠엽수이다. 1928년 경성제국대학(서울대의 전신)을 만들 당시 기념으로 일본 칠엽수를 옛 서울대학교 문리대 본관 건물 터에 두 그루 심었다.

동숭동에 심은 칠엽수는 일본 특산 식물이기에 일본제국을 상징하는 나무로 심었다고 보이는데, 슬쩍 마로니에 공원이라는 이름을 달아 유럽풍의 낭만적인 가로수로 위장한 것이다. 프랑스 파리 몽마르뜨 공원에 유명한 마로니에는 열매에 가시가 붙은 '가시칠엽수'라고 불리는 지중해 원산의 나무 종이다. 『안네의 일기』를 쓴 안네가 갇혀 지낸 다락방에서 내다보며 위안을 얻은 나무가 바로 이 마로니에이다. 이 큰 나무가 죽자 베어낼 것인가 보존할 것인가 논란이 되었는데 우리나라 기사에는 '밤나무'로 보도가 되었다. 그 큰 열매를 보고 확인도 없이 오보를 한 것이다. 열매는 밤처럼 생겼지만 독성이 강하다.

금송. 조경수를 두고 원산지를 따지는 것은 구차하게 보이기도 하지만 상징성은 그냥 넘길 문제가 아니다.

또 놀라운 나무가 바로 금송이다. 광복 이후 항일 유적지를 정비하는 과정에서 적절하지 않은 나무를 심었다. 금송은 무령왕릉 널판재로 알려진 것처럼 일본 원산의 나무로 일본 천황의 상징나무다. 현충사, 칠백의총, 도산서원에는 천황을 상징하는 금송 외에도 외래 식물이 많이 심어져 있는 것으로 드러났다. 2014년 문화재청으로부터 받은 〈현충사 입목죽 증감 현황〉자료에는, 현충사에 심어진 일본 목련 등 외래산 수종은 약 1만여 주, 전체의 51.9%에 달했고, 그중 일본 원산지 식물이 16%를 차지하는 것으로 나타났다. 도산서원에도 역시 일본산 금송 등 외래종이 30.7%를, 칠백의총에도 일본산 금송과 유럽산 독일가문비 등 외래종이 전체 수목의 13%를 차지하고 있는 걸로 나타났다. 뜻있는 분들이 끊임없이 금송이 있을 위치가 아니라고 문제를 삼았지만 문화재청은 꿈적하지 않았다. 이유는 박정희 전 대통령이 직접 기념식수로 보내준 나무라서 그 자체가 문화적 가치가 있어 손댈 수가 없다는 논리였다.

20세기 초 지금의 청와대 자리인 조선총독부 총독 관사에서는 그들이 좋아하는 금송 세 그루를 심고 일제강점기 내내 가꾸어 오고 있었다. 1971년 유신 선포 한 해 전에 박정희 전 대통령은 청와대 뜰의 금송을 아산 현충사, 금산 칠백의총, 안동 도산서원 등 세 곳의 유적지에 한 그루씩 내려 보내 심게 했다. 그 상징성을 과연 모르고 한 일일까? 이순신 장군의 혼백을 모신 아산 현충사에 일본 천황의 상징나무를 모시고 있는 꼴이다. 이순신 장군의 혼백이 어지럽지 않겠는가? 금산 칠백의총은 임진왜란 때 왜병과 싸우다 전사한 조선 의병 700인의 항일투쟁의 혼이 서려 있는 곳인데도 금송을 심었다.

나무는 조경수로 아름다우면 되었지 시시콜콜 국적이나 상징성을 따지느냐 말할 수도 있다. 하지만 그 나무 상징을 아는 일본인들이 유적을 돌아보면서 얼마나 우리를 비웃을 것인지 생각해 보면 기가 찰 일이다. 현재도 일본군 위안부 문제를 두고 고통과 울분을 반복하는 것은 우리 역사의식과 생각의 불철저성으로부터 일어난 문제라고 생각한다. 그 식민시대 나무들을 무조건 없애자는 것은 아니다. 나무에게 무슨 죄가 있겠는가?

다른 장소로 이식을 한다든지 아니면 그 교훈을 제대로 해석해서 역사 교육의 장으로 삼아야 한다. 아니라면 가장 잘 보이는 장소에 그대로 둔다는 것은 분통 터지는 일이다. 아직 청산되지 못한 일제강점기 나무에 대한 잔재도 이렇게 많다.

아까시나무를 위한 변명

알고 있는 나무를 말해보라 하면 우리나라 사람들의 열 손가락 안에 들어가는 나무가 아까시나무일 것이다. 주변에서 흔히 자라는 데다 5월이면 꽃향기가 짙어 자기 존재를 확실히 드러내는 아까시나무는 봄이 무르익어 곧 여름이 올 것임을 예견하는 나무다.

아까시나무는 북아메리카 원산의 낙엽교목이다. 원산지에서는 20~30미터나 자라고 지름이 2미터가 되는 것도 있다고 하니 그 성장력이 대단한 나무이다. '아까시'란 가시가 있다는 뜻으로 붙인 우리말이고, 우리가 흔히 부르는 아카시아Acacia는 열대성 관목을 가리키는 라틴어 속명으로 다른 식물이다. 진짜 아카시아는 열대성 관목이기에 우리나라 자연상태에 심어 키울 수 없다. 동요인 〈과수원길〉의 노랫말에 '아카시아'로 나오는 바람에 우리나라 대부분 사람이 아까시나무를 아카시아나무로 잘못 알고 있다.

아까시나무를 우리나라에 들여와 처음 심은 곳은 경인선 철로 변

원예용 꽃아까시나무. 아까시나무처럼 좋고 나쁨으로 논란이 되는 나무도 드물기도
하다.

과 용산의 육군본부 자리다. 경술국치가 있은 지 얼마 되지 않은 1910년, 독일 총영사 크루거가 아까시나무 묘목을 들고 초대 총독인 데라우치 마사타케를 찾아갔다.

당시 노량진과 제물포간의 경인선 철로 변에 심을 가로수에 대해 데라우치가 자문을 구했기 때문이다. 크루거는 중국 산둥성 독일령 청도에 자국이 심은 아까시나무가 잘 자란다고 전했다. 데라우치는 중국으로부터 수만 그루의 아까시나무 묘목을 들여왔다. 경인선 철로 변에 심는 것을 본 당시의 프랑스인 불어교사 에밀 마텔은 번식을 걱정하여 산지에는 심지 말 것을 건의하기도 했다. 그러나 총독부 당국자가 헐벗은 산에 아까시나무가 잘 자라니 장작으로 쓰도록 권장하다 보니 많이 심게 되었다. 일제가 아까시나무를 철도 침목 재료를 위해 심었다는 것은 수십 년 키워야 가능한 일이기에 억측에 가깝고 우리 산을 망가뜨리기 위해 산에 심었다는 것은 음모론에 가깝다. 이런 근거 없는 소문들 때문에 아까시나무에 대한 감정은 그리 좋지 않았다. 하지만 나무가 가진 속성은 오랜 진화의 산물이기에 우리가 용도에 맞게 잘 활용하는 것이 더 중요한 일이다.

태백산 지역은 탄광서 버린 폐석 더미가 많이 쌓였고, 그대로 두면 장마 때에 산사태 위험도 있었다. 그 당시 뿌리에 근균류를 가져 척박한 땅에도 비교적 잘 살아가는 물오리나무를 심었는데 모두 말라죽었다고 한다. 식물학자인 오병훈 씨가 처음부터 아까시나무 식재를 권유했지만 주민들이 외래 수종이라 아까시나무에 대한 거부감이 커서 심지를 못했다. 결국 물오리나무를 다 말라죽이고 난 다음에 아까시나무를 심어 조림에 성공하였다. 땅이 기름지게 되어 지금은 아까시나무를 베어내고 거제수나무를 심어 잘 가꾸고 있다 한다. 아까시나무에 대한 오해가 녹지 사업에 대한 시행착오를 일으켰던 것이다. 이렇게 헐벗은 산에 심은 아까시나무는 시간이 흐르면 스스로 도태되어 자기 자리를 내어주기에 큰 걱정은 없는 걸로 증명이 되었다.

아까시나무로 황무지를 녹화한 예는 많았다. 미국의 루즈벨트 Franklin Delano Roosevelt 대통령은 테네시강 유역의 황무지에 아까시나무를 심어 푸른 숲으로 가꾸는 데 성공했다. 프랑스 동부의 산악지대, 독일 서부 지역에도 아까시나무를 심어 푸른 숲을 만들었다. 숲이 우거지자 수량이 풍부해져 목장을 만들어 젖소를 키우게 되었다고 한다. 아까시나무는 젖과 꿀이 흐르는 땅을 만드는 데 큰 기여를 하였던 것이다.

우리처럼 조상 묘를 잘 모시는 입장에서 아까시나무는 사실 골칫거리이다. 무덤처럼 척박한 땅에 처음 뿌리를 내리는 식물은 몇 되지 않는다. 아까시나무는 콩과 식물로 뿌리에 기생하는 근류균이 질소를 고정하는지라 어디에서든 잘 자란다. 무덤 근처에서 자라는 나무는 캐어 내려고 해도 뿌리가 옆으로 뻗어 뽑아내기가 쉽지 않다. 원줄기를 잘라주면 땅속줄기를 통해 주변으로 새로운 싹이 올라오는지라 독한 '근사미(라운드업)'를 자른 줄기에 바르지 않으면 없애는 것이 불가능한 것도 묘를 망치는 나무로 인식하게 하는 계기가 되었다.

아까시나무는 더 많은 꿀을 머금은 나무가 없을 정도로 최고의 밀원 식물이다. 또한 그 잎사귀는 영양분이 많아서 사료용 나무로도 연구된 적이 있었다. 1960년대 산림청에서 세계 최초로 가시 없는 아까시나무를 만들어내는 데 성공했지만 우리는 그 가치를 이해하지 못해 그 품종을 보존하지 못했다. 오히려 미국에서는 그 가시없는 아까시나무를 많이 번식해 사료로 쓰고 있다고 하는데, 무성한 여름철에 가지째 잘라서 분쇄기에 넣고 다른 사료와 섞어 가축에게 먹인다고 한다. 가축도 좋아하고 비육에도 좋으니 일거양득인 식물이다.

아까시나무는 생명체를 대하는 데 있어서 편견을 앞세워 한 면만을 보는 것이 얼마나 손해를 보는 일인지를 잘 보여준다. 누명을 많이 입은 아까시나무지만 아직도 척박한 땅에서는 절실히 필요한 나무이다. 아까시나무는 아무 죄가 없다. 모든 것은 제대로 활용 못 하는 우리 문제지만 그냥 아까시나무만 탓한다. 이런 나무들이 어디 하나둘이겠나?

나무껍질이 지닌 매력

백두산 가는 길에 길가에 늘어선 순백색의 자작나무숲은 황홀했다. 강원도 인제 자작나무 숲이 그리 인기가 많은 것을 보면 우리나라 사람들도 자작나무를 아주 좋아하는 것 같다.

백두산 일대와 개마고원에는 자작나무가 많이 자란다고 하니 산골생활에서는 없어서는 안 될 나무였다.

백석의 시 「나와 나타샤와 흰 당나귀」에서는 누구에게도 침해받지 않은 둘만의 사랑 공동체를 꿈꾼다. "나타샤와 나는 눈이 푹푹 쌓이는 밤 흰 당나귀를 타고/ 산골로 가자 출출히 우는 깊은 산골로 가 마가리에 살자"(시 일부). 백석 시인이 지은 '마가리(오막살이집)'는 지붕을 자작나무 껍질로 덮지 않았을까?

순백색의 수피. 한겨울 눈이 내린 자작나무숲은 우리를 이국적인 풍경으로 이끈다. 영화 〈닥터지바고〉에 오프닝 그림이 자작나무 숲이다. 1917년 러시아 2월 혁명 이후 그들이 흘린 피는 하얀 눈에 뒤덮

노각나무는 잎과 꽃이 없는 겨울에도 그 나무껍질 무늬로도 충분히 아름답다.

인 세상과 대비되어 선명한 장면으로 인상 깊게 남아 있다.

하얀색은 그리스도 몸을 상징하기도 한다. 박혁거세 신화처럼, 세상이 하얀 알에서 시작했다는 신화는 세계적으로 널리 퍼져 있다. 흰색은 가장 완벽한 색이며 순수, 시작 그리고 부활을 상징하는 색이기도 하다.

남한에서 만나는 자작나무는 대부분 조림한 나무다. 높은 산을 자주 타는 분들은 지리산이나 한라산에 자작나무가 있다고 하지만 그건 가지끝 겨울눈이 약간 붉은색이 도는 사스래나무다. 고산지대에는 쏟아지는 자외선을 피하기 위해 하얀 수피를 가진 나무들이 많다. 껍질이 여러 겹으로 수북이 일어나는 물박달나무도 있다.

익히 알다시피 경주 천마총에서 나온 말안장 양쪽에 달아 늘어뜨리는 장니에 그려진 천마도는 자작나무 껍질에 그려진 그림이다. 자작나무 껍질을 여러 겹으로 좌우에서 빗금으로 누벼 그 위에 광물채색을 했는데 발굴 당시 그림판은 썩지도 않았고 빛깔도 선명한 채였다고 한다.

발굴 당시 감동을 김정기 발굴단장은 이렇게 전한다. "천마도를 보고 발에 힘이 다 빠져서 주저앉을 뻔했다. 1500년 된 나무껍질에 만든 제품이 남아있다는 것은 기적이다."고 했다. 기름 성분이 있어 껍질이 썩지 않는데 이는 신라가 북방민족 영향을 받았다는 것을 짐작하게 한다. '혼례'를 상징하는 '화촉樺燭을 밝히다'는 말은 자작나무 껍질로 호롱불을 밝히던 것에서 왔고 '자작자작' 불타는 소리가 난다고 한다. 추운 개마고원에는 장례 풍습으로 죽은 자를 이 자작나무 껍질로 싸서 묻었다고 하는데, 이는 자작나무를 신목으로 여기고 망자를 하늘과 닿게 한다고 믿었을 것이라 본다. 단군신화에 나오는 '밝달나무'는 그냥 발음대로 박달나무가 아니라 밝은 나무, 즉 자작나무를 말한다는 주장도 있다. 자작나무는 하얀 수피로 성스럽고 신비로운 나무로 여겨진 것이다.

수피가 아름다운 또 다른 나무로는 노각나무가 있다. 노각나무는 '녹각鹿角'나무에서 나왔다고 하는데 사슴의 다리 혹은 사슴뿔 모양을 닮았다는 데서 유래한다고 한다. 붉은 기운이 돌고 해마다 수피가 벗겨지는 부위가 달라 얼룩덜룩한 무늬를 만든다. 전 세계적으로는 7종이 있는데 우리 노각나무가 제일 아름답다고 평가받는다고 한다. 1917년 미국 윌슨이라는 식물학자가 지리산에서 가져간 노각나무는 고급 정원수로 탈바꿈해서 전 세계에 수출되고 있다. 차나무과에 속한 나무로 동백꽃같이 생긴 하얀 꽃을 피우고는 꽃덩이째로 떨어진다. 겨울산을 오르면 그 무늬가 금세 눈에 들어와 '숲 속의 미인'이라 감히 부를 만한 나무다. 조직이 부드럽고 치밀하여 목기를 만들었다고 하니 재목으로도 좋다. 아름다운 노각나무를 아직 가로수로 키우지 못하고 있어 안타까울 뿐이다.

밝은 회색에 자잘한 무늬가 들어간 사람주나무도 수피가 독특하다. 자작나무나 노각나무처럼 큰 나무로 자라는 것은 아니지만 배롱나무처럼 피부가 매끄럽다. 봄에 새순 나올 때는 어린 가지와 잎자루가 다 붉고, 단풍도 붉어 산을 장식하지만 우리에게 아직 익숙하지 않은 나무다. 사람주나무라니 사람 피부를 연상시키는데, 산행 중에 손으로 쓰윽 만지면 부드러워 친근한 마음이 든다.

　최근 히말라야에서 자라는 가장 밝은 흰색을 가진, 자작나무 변이종을 우리나라 전역에서 식재 가능한 수종으로 개량한 '잭큐몬티'라는 나무를 보고는 그 환상적인 색감에 한눈에 반해 버렸다. 피부 고운 것이 미인의 조건이듯 나무도 수피가 아름다우면 왠지 마음이 많이 간다.

더운 날 시원스러운 수국

요즘은 6월 중순만 지나도 여름 기온이 느껴진다. 봄철의 화려한 꽃들이 지고 날도 더워지다 보면 사람도 차차 지쳐가게 된다. 도심은 데워진 콘크리트 건물로 항상 불볕더위다. 이럴 때는 청색으로 서늘하게 느껴지는 수국꽃이 그리워진다.

50여 년간 자생식물로 가꾼 포항 북구의 '기청산식물원'에 지인들과 들렀더니 수국들이 때마침 장관을 이루고 있었다. 분홍색, 붉은색, 흰색, 자주색, 청색 다양한 꽃색이 어우러지는, 바야흐로 수국의 계절이 온 것이다.

수국은 동아시아 원산의 잎지는나무로 한자로는 수구화繡毬花라 불리는데 '비단으로 수를 놓은 것 같은 둥근 꽃'이란 뜻이다. 일본수국 학명이 Hydrangea macrophylla for. otaksa인데 '마크로필라'까지는 중국 본종의 학명인데, 일본종은 '오탁사'가 추가되었다. 하이드란지아Hydrangea는 물을 말하는 '하이드로'와 그릇(용기)을 뜻하는 '드

많은 사람들이 수국을 좋아하지만 수국꽃을 아름답게 피우는 이는 드물다.

란지아'의 합성어로 '물가에 잘 자라고, 열매가 그릇처럼 생겼다'는 뜻이며, 마크로필라macrophylla는 '작은 꽃들이 한데 뭉쳐 피는 모양'을 말한다.

일본 수국에 'Otaksa'가 더 붙은 내력은 로맨틱하다. 독일 출신의 의사인 지볼트(Philipp Franz von Siebold 1796~1866)는 네덜란드 동인도회사의 파견으로 1823년부터 1830년까지 일본 나가사키에서 근무했는데, 일본 식물에 대한 남다른 사랑을 가지고 있었다. 오타키 구수모토(소노기)는 어머니 병 치료에 도움을 받은 것을 계기로 지볼트와 사랑에 빠지게 된다. 하지만 일본정부는 자국 신민이 외국인과 결혼하는 것을 금하고 있었다. 그녀는 신분증을 법적으로 고급매춘부로 변경하여 지볼트를 따라 섬으로 들어갈 만큼 그들 사랑은 뜨거웠다. 한 승려가 준 푸른 일본 수국을 보고 지볼트가 학계에 보고하면서 반려자였던 오타키 구수모토(소노기)의 이름을 높인 '오탁사'를 붙였다. 이후 지볼트는 스파이라는 누명으로 추방당하게 되었고 고국에서 일본 식물을 알리는 활동을 하다가 다시 30년 뒤 일본에 가서 소노기와 재회한다. 수국 학명 속에 한 편의 드라마 같은 이야기를 품고 있는 것이다.

수국꽃 색깔은 5~6번 변하는 속성이 있어 그 화려함을 좋아한다. 피기 시작할 때 흰색, 꽃이 커지면서 점점 청색, 다시 붉은 기운이 돌다가 나중에는 자색이 된다. 토양이 알카리성이면 분홍빛이 진해지고, 토양에 산성이 강하면 남색이 된다. 이것은 흙속의 알루미늄 농도와 관련이 있는데 산성이 강해 pH가 높으면 알루미늄이 녹아 식물 속

안토시아닌과 결합하여 청색이 나오고, 반대로 중성이나 알칼리성이면 알루미늄이 녹지 않아 붉은색이 된다. 이런 성질을 이용해 흙에 첨가제를 넣어 여러 색깔의 수국을 인공적으로 만들어 낼 수 있다. 중국 당나라 시인 백거이는 '선단상仙壇上에 심었던 꽃'이라고 극찬했다.

하지만 수국 꽃말이 '변하기 쉬운 마음'이다 보니 변심과 변절을 뜻한다 하여 우리 선조들은 썩 좋아하지는 않았다. 수국의 탐스러운 꽃은 사실은 꽃이 아니라 꽃받침이다. 암술 수술 모두 퇴화된 상태의 무성화無性花이다. 그래서 수국은 씨로써 번식할 수 없어 꺾꽂이를 한다.

전통 유교라는 것이 생물학적으로 후손을 잇는 것을 가장 큰일로 본다. 혹 그런 관습이 일상공간에 수국이 심어지지 못하게 한몫을 차지하지 않았을까?

우리나라에 자라는 야생종인 산수국과 탐라수국은 꽃도 아름답고 씨앗도 잘 맺힌다. 물기가 축축한 골짜기나 계곡 근처에서 보라빛 꽃을 피운 산수국을 자세히 보면 가장자리에 큰 꽃잎은 수국과 같이 무성화이고, 안쪽에는 암술과 수술을 갖춘 진짜 꽃들이 옹기종기 모여 있다. 가장자리 무성화는 화려한 색깔로써 벌, 나비를 부르는 역할을 하고, 안쪽 작은 꽃 속 꿀을 주며 꽃가루받이를 하는 것이다.

간혹 수국이 초파일 전후로 피는, 부처님 머리를 닮았다고 해서 '불두화'라 불리는 꽃과 착각을 일으키는 경우가 많다. 불두화도 무성화라 얼핏 보면 착각하기 쉬운 것이다. 하지만 불두화는 인동과인 백당나무로부터 온 꽃이기에 전혀 다르다.

우리나라 사람들은 수국을 참 좋아한다. 크면서도 청색인 꽃은 그리 많지 않아 희귀성도 있지만 수국을 보면 흥분된 마음이 가라앉고 맑아지게 된다. 수양하는 곳이나 사찰 같은 청정도량에 어울리는 꽃이다. 수국은 물기가 많고, 비옥한 땅에 심어야 잘 자란다. 또한 햇가지에 꽃이 피니 묵은 가지를 잘라 주는 등 사람 손이 많아 가야 꽃이 풍성하게 핀다. 날씨가 더워질수록 붉은색보다는 청색이나 보랏빛 등 시원한 색 꽃들을 많이 피우게 하면 보는 마음도 시원하다.

푹푹 찌는 도심공간에 청정하고 시원하게 푸른빛으로 넘실대는 수국 모습은 예전에는 낯설었다. 최근 명소에 수국꽃을 대량으로 식재해서 이벤트로 여는 사진이 많이 보인다. 마을마다 짜투리 공간이라도 수국을 심어 더운 여름을 시원하게 만들었으면 좋겠다.

관주도에 묻혀버린 원예생활

최근 환경개선사업을 통해 다듬어진 거리를 걷다 보면 길가 화분이 즐비하다. 새로운 가로수가 심어지고 작은 개울이나 형상물이 만들어지고 돈을 들인 거리는 갑자기 환해진다. 의자를 겸한 조경석도 놓아지고 식물도 아기자기하게 심어진다. 심을 자리가 없는 장소에는 큰 화분에 나무를 심어 거리를 꾸민다. 간판과 사람뿐이던 거리가 녹색식물로 풍성해진다. 상가들은 주차 공간이 없어졌다고 간혹 불만을 터뜨리지만, 전반적으로는 반가운 일이라 여긴다.

하지만 거리에서 개인이 키우는 화분을 만나기는 쉽지 않다. 지자체가 만들어 놓은 화단이나 식물에 주민들이 별다른 애정을 갖지 않는다. 이를 관리하는 용역 업체가 따로 있기 때문에 자발적으로 가꾸는 원예문화는 거리가 더 멀어진다. 건강하게 자라는 것을 기대하기는 힘든 일이고, 폭염에 막 타들어 가는 식물을 겨우 살리는 정도에 그치는 경우가 많다.

부산도시농업축제. 원예문화가 정착되면 삶의 만족도가 높아진다. 우리 행복과 즐거움이 경작 본능에 있다 믿는다.

도심 속 내리쬐는 햇빛은, 원래 그 식물이 자라는 조건과는 엄청난 차이가 있다. 한여름, 도심 빌딩이 간직한 열기는 밤새 뿜어진다. 겨울철에는 높은 건물 사이 거리로 부는 골바람이 세차다. 밤에는 식물도 광합성을 멈추고 쉬어야 하는데, 밤거리를 비추는 불빛은 식물이 쉬지 못하게 방해를 놓는다. 상가 사람들이 바로 코앞에 심겨 있는 화분에 물 한 바가지 주지 않는 각박함으로 식물은 타들어 간다. 내가 관여하지도 참여하지도 않은 일, 식물과 원예에 대한 관심과 취향이 없는 가게 주인만 탓할 수는 없는 일이다.

이런 공간에 시간이 흐르면 어찌 되는가? 화단에 심어둔 관목 근처는 담배꽁초로 지저분해지고 심은 나무는 점차 쇠락해져 초라해져 가거나 말라죽는 경우도 많다. 좋은 나무를 심었다고 하지만 생태에 맞지 않거나 유지관리상 어려움이 생기는 것이다. 심었던 식물들 가지가 점차 말라 부러지고 갈수록 곪아간다. 처음은 장대하였으나 녹색식물은 가면 갈수록 초라해진다.

결국 처음 의도는 아름답고 다채로운 건강한 녹색거리를 꿈꾸었지만 편백나무 같은 가장 강한 종만 넘치는 길거리로 변한다.

영국인들은 상상하지 못할 정도로 원예에 대한 사랑이 깊다. 정원 속에서 그들은 지극한 행복을 느끼며 살아가고, 원예생활에서 삶의 지혜를 얻는다. 찰스 황태자도 자신이 황태자가 아니었으면 정원사가 되었을 것이라고 말할 정도로 정원 일을 좋아한다. 왕실은 전통적으로 왕가의 어린 자녀들에게 정원관리 수업을 시킬 정도로 식물사랑이

극진하다. 영국은 대형마트보다도 더 많은 가든 센터(정원용품과 식물을 파는 일종의 정원백화점)가 운영되는 나라다.

영국 속담에는 '정원이 없는 집에서 사는 것은 영혼 없이 사는 것과 같다' 는 말이 있다. 개인당 정원 면적이 가장 넓은 나라인 그들은 오래전부터 식물이, 원예생활이 우리 삶에 끼치는 영향을 잘 알고 있었던 것은 아닐까. 그럼 우리는 혹 도시에서 영혼 없는 허깨비처럼 살아가는 것은 아닌지. 오래 묵은 골목이 있는 동네에서는 내어놓은 화분을 많이 본다. 대문 혹은 옥상 위에 스티로폼 박스나 양동이 등 보잘것없는 재활용 용기로 식물을 키운다. 어르신들은 시간이 날 때마다 식물을 돌보며 지내는 것이 자연스레 몸에 배어 있다. 원예생활의 즐거움에는 삶이 조금 남루하거나 나이 듦이 크게 문제가 되지 않는다. 과거 경작과 원예가 하나 되어 살았던 삶의 원형이 아직 남아 있다. 공공이 관리하는 길거리 화단이나 공원 조경은 주민이 직접 가꾸며 땀흘리는 노동과 체험이 들어 있지 않기에 시민들에게 별다른 존재가 되지 못한다. 꽃이 화려하게 피면 잠깐 눈길을 주고 말 뿐이다.

"많은 사람들이 자연을 사랑한다고 말한다. 그 말은 자연의 매력이 마음에 들고 거부감이 느껴지지 않는다는 뜻이다. 사람들은 밖으로 나가 자연의 아름다움을 보고 기뻐하면서도 들판을 마구 짓밟고, 마침내 꽃과 가지를 꺾는다. 그리고 금세 그것들을 내던져 버리거나 집으로 가져와 시들 때까지 방치한다. 그런 식으로 그들은 자연을 사랑하는 것이다."

- 헤르만 헤세 『페터 카멘친트』 중에서

자연으로부터 일방적으로 약탈하는 문화에서 벗어나 도심텃밭을 중심으로 원예문화가 막 깨어나고 있다. 남에 의해 만들어진 크고 화려한 결과물보다는, 직접 참여하고 땀 흘리며 만들어나가는 과정에 행복과 즐거움이 있음을. 그것은 단지 안전한 먹을거리에 대한 욕구만이 아니라 마음 속 그리운, 자연을 닮은 경관을 가까이에 만들어 위안을 삼으려는 본능이다.

노후 행복기준은 자신이 가꿀 경작지나 정원이 있는가 아닌가로 나뉠 것이라 여긴다. 그곳이 도심이든 농촌이든. 그동안 잊고 지낸 삶의 원형을 복원하려는 살아 꿈틀거리는 농심이고, 자급을 통한 주체적 생활을 위한 노력이다.

영국 시인이자 가든 디자이너인 비타 색빌리 웨스트는 이런 말을 했다.

"정원이 하나 더 생겼다면 인생의 배움도 하나 더 생긴 것이다. 배움이 하나 더 늘었다는 것은 작은 하나의 깨달음을 얻었다는 것이다. 우리 삶도 또한 이와 같다."

원예문화가 주는 힘은 단순한 것이 아니다.

태화강국가정원 십리대숲의 가치를 높이는 방법

날이 점점 더워지면 겁부터 난다. 농촌은 아무리 더워도 나무 그늘 아래 바람 맞으면 금세 시원해지지만 도시는 강한 땡볕을 받은 콘크리트 건물과 아스팔트가 그 열기를 밤에 다시 뿜어낸다.

2013년 석유화학공단이 있는 울산시 남구 고사동의 오후 2시경 기온이 40도를 기록하는 등 폭염이 전국을 덮쳤다. 밤 기온이 최저 25도 이상의 열대야 현상이 20일 동안이나 나타났다. 1983년 8월 3일 기록한 울산의 최고 기온인 38.6도를 갈아치웠고, 1942년 8월 1일 대구 지역에서 관측되었던 40도 이후 71년 만에 기록을 세운 것이었다. 울산이 전국 최고 폭염도시로 올라선 것이다.

바다를 끼고 있고 도심 중간을 태화강이 유유히 흐르고 있는 도시가 대구보다 더한 폭염의 도시가 되었다. 분지형인 대구와는 달리 바다와 내륙, 강을 중심으로 대류순환이 자연스레 활발히 일어나는데도 그리 되었다는 것은 생각보다 상황이 심각하다. 여름 불볕더위 때문

대나무숲에만 들어서면 몸과 마음이 저절로 맑아진다.(아홉산숲)

에 느끼는 불쾌지수와 이로 인한 불면증, 전력 사용 증가에 따른 비용 부담 등은 시민들의 생활의 질을 아주 나쁘게 떨어뜨린다. 밤에 잠을 이루지 못해 사람들의 집중력도 떨어져 교통사고, 산업안전 사고도 증가한다는 통계가 있다.

그래도 불볕더위든 열대야든 태화강국가정원 십리대숲이 있어 다행이라 생각한다. 대숲에 들어서면 기운이 서늘하고 빽빽한 대나무들이 뿜어내는 향기가 싱그럽기 그지없다. 조선 세조 때 강희안姜希顔, (1417~1464)이 지은 『양화소록養花小錄』에도 대나무가 청우淸友라 하여 일등으로 다루고 있다. 대나무가 주는 기쁨과 위안이 예나 지금이나 별반 다르지 않다.

소동파는 「어잠승록균헌於潛僧綠筠軒」이라는 시에서 '고기가 없을 수도 있으나 사는 집에는 대나무가 없어서는 안 된다. 고기가 없으면 사람이 여위고, 대나무가 없으면 사람이 속되니 허약한 것은 살찌우고 고칠 수 있지만 속된 것은 고칠 수 없다(可使食無肉 不可居無竹 無肉令人瘦 無竹令人俗 人瘦尚可肥 使俗不可醫)'고 했다. 숲을 가로지르는 길 위로 하늘을 가리며 쭉 뻗은 대나무들, 바람이 불어 대나무 이파리가 서걱거리는 소리를 들으면 마음이 맑아진다. 촘촘히 자라는 대나무 사이사이로 비치는 바깥 풍경을 보노라면 대숲 전체가 늘어뜨린 발 같다는 착각을 불러일으킨다. 부슬비 정도는 대숲으로 들어가면 능히 피할 수 있는 것도 신기한 일이고, 죽순이 자라 올라오는 철은 풋풋한 향기가 더 싱그럽다.

한번은 죽순이 한창 올라오는 철에 십리대숲을 걷다 보니 감시 도

우미들이 곳곳에서 지키는 활동을 하고 있었다. 길을 따라 줄을 쳐 대밭 안으로는 들어가지 못하게도 하고 숲 해설 활동도 하는 모양이었다. 물론 좋은 뜻으로 하는 활동이겠지만 궁금증이 한두 가지가 아니었다. 아름답고 공기 맑은 길을 걷다 보면 마음이 편해진다. 하지만 통행로 곳곳에 '죽순 채취 금지' 표찰을 보는 순간 기분이 언짢아졌다. 내 속에 흘러넘치는 채집 욕구를 억누르는 것도 쉽지 않은데, 흡사 걸려들길 기다리는 듯한 느낌마저 들었다. 마음의 긴장을 풀러 나온 공원에서마저 잠재적 범법자로 감시받는 듯한 불편한 마음이 들었다.

죽순 채집이 그리 문제가 되는 일일까? 감시 활동을 하는 초소에 가서 한번 물어 보았다. "제가 이런 활동을 쭉 지켜보고 있는데 지금 십리대밭에 대나무가 무척이나 빽빽한 편이지요? 어디 간벌 작업은 별도로 하고 있나요? 간벌 작업에 또 예산이 들어간다면 아예 죽순을 채집하는 것이 맞지 않나요? 시민들의 무분별한 채집을 막는다면 어느 단체에 일괄적으로 채집해서 먹거리 행사나 열면 좋지 않을까요?" 했더니 좋은 의견이라며 건의를 해보겠다고 한다. 그분이 진짜 건의를 할 것인지 어떨지는 잘 모르겠다.

죽순은 해마다 수없이 올라오는데 대나무 사이가 너무 조밀하면 되레 생육이 나빠져 굵기가 가늘어진다. 대나무 간벌 작업은 인건비가 많이 든다. 하지만 죽순 단계에서 잘라내 활용하면 비용이 훨씬 적게 든다. 죽순을 보호한다면 나중에 이중의 품이 드는 것이다. 단순히 예쁜 꽃을 피워 시민들에게 '보기만 하세요', '만지지 말고 들어가지 마세요' 같은 방식이 아니라 적극적인 체험활동을 장려하고, 그 수확물을 시민들과 나누는 국가정원은 불가능한 일일까?

대나무는 위로만 키가 자라 좁은 공간에도 키울 수 있다. 예전에는 음력 5월 13일을 대나무 심는 날을 정할 정도로 옮겨심기가 힘든 식물로 여겨졌다. 하지만 조경 기술의 발달로 대부분 잘 살려내고 있다. 자투리땅이 있으면 곳곳에 대나무를 심어서 도심 온도를 낮추는 방법도 가능하다. 7년 계획으로 2002년에 끝난 '푸른 대구 가꾸기 사업' 에서 대구시는 한여름 평균 온도를 2도 이상 낮췄다. 대구 도심 온도를 에어컨을 틀어 2도 낮춘다면 전력비용은 얼마나 들까.

울산 중구 성안혁신도시는 도심과 가까운 녹지와 큰 숲을 잡아먹고 만들어졌다. 산에서 내려오는 시원한 바람 대신 이제 대형 콘크리트 건물과 아스팔트가 낮에는 열을 먹고 밤에는 뿜어내는 열섬으로 바뀔 가능성이 크다. 울산이 폭염 도시로 올라선 이유와 무관하다고 할 수 있을까?

혁신도시가 잡아먹은 숲을, 시원한 바람을 만들어주는 대나무숲을 만들어 보상해 주는 것은 어떨까? 대나무숲을 많이 조성해 '시원한 바람의 도시, 울산' 을 만드는 적극적인 전략은 어떨까?

3

텃밭과
먹거리

메밀꽃 필 무렵

"엄니 메밀나물 묵고 접어요(먹고 싶어요)."

"네 아무리 입덧이 심하다고 함부러 쎄(혀) 끝에 걸지 말그래이. 남이 들었다간 그 욕 감당을 어찌 할 끼고."

"와요?"

"와는 무신 와고. 네 입방정에 올여름 가뭄이라도 들어 봐라. 곡식을 몬 심구고 메밀을 뿌려야 할 처지면 다 니 탓으로 여길 거 아이가. 그 타박을 니가 우찌 다 당할 끼고."

- 『우리 농작물 100가지』, 이철수

메밀은 여름 가뭄이 심하거나 이상기후로 작물을 재배하기 힘들 때 마지막으로 씨 뿌리던 작물이었다. 어떤 불리한 조건에서도 싹을 틔우는 강인함에다가 불과 두세 달이면 거둬들일 수 있는 장점을 가지고 있었다. 지금은 메밀국수가 건강식, 추억의 먹을거리로 위상을

단편소설의 배경처럼, 메밀꽃 핀 밤길을 한 번 걸어보고 싶다.

높여가지만 예전에는 흉작의 두려움으로 허기진 배를 채울 수 있는 구황작물이었다. 그러니 배가 불러오던 딸이 엄니에게 메밀나물을 먹고 싶다고 하는 것은 흉년 드는 것을 예견하는 불길한, 망측하고 지청구를 들을 수 있는 말이었다.

아직 메밀나물을 먹어보지는 않았지만 메밀이 한 뼘 남짓 자랐을 때 뜨거운 물에 살짝 데쳤다가 바로 찬물에 식혀 나물을 무치는데 고추장, 식초가 약간 들어가야 제 맛이 난다고 한다. 그 맛이 미끈거려 마치 쇠비름나물 같다고 하니 그 별난 맛에 산모는 흉한 말인지도 모르고, 입맛이 끌렸던 모양이다. 성장기간이 짧으니 7월 중순부터, 심지어 8월에 뿌려도 수확이 가능한 작물이었다. 메밀꽃 하면 봉평이 생각나고 봉평 하면 이효석의 단편소설 「메밀꽃 필 무렵」이 생각난다. 허생원과 조선달, 동이가 늦은 장을 파하고 봉평장으로 고개를 넘어가는 대목일 것이다.

"밤중을 지난 무렵인지 죽은 듯이 고요한 속에서 짐승 같은 달의 숨소리가 손에 잡힐 듯이 들리며, 콩 포기와 옥수수 잎새가 한층 달에 푸르게 젖었다. 산허리는 온통 메밀밭이어서 피기 시작한 꽃이 소금을 뿌린 듯이 흐뭇한 달빛에 숨이 막힐 지경이다. 붉은 대공이 향기같이 애잔하고 나귀들의 걸음도 시원하다."

그 작은 하얀 꽃들이 달빛을 받아 소금을 뿌린 듯이 하얗게 빛난 메밀밭의 풍경이란 너무도 황홀했을 것이다. 허생원은 조선달에게 그런 달밤이면 귀에 못이 박히도록 물방앗간에서 만난 성 서방네 처녀와의 하룻밤 이야기를 하는 것이었다.

겨울철 찹쌀떡과 같이 파는 것이 메밀묵이고 보면 메밀은 참 서민적인 음식 재료이다. 찹쌀떡은 높이고 메밀묵 외치는 소리는 아래로 깔았다. 그 소리를 들은 지도 까마득하지만 골목을 뒤흔드는 그 소리는 아련한 옛 골목의 풍경이었다. 이른 아침에 재첩국 파는 장수가 지나가고, 밤에는 찹쌀떡과 메밀묵 장수가 골목에서 소리를 치며 지나갔다.

메밀은 1년초 식물이고 원산지가 동북아시아와 중앙아시아 지방이다. 우리나라에서 실제 재배가 이루어진 것은 7~8세기경부터인 것으로 추정된다. 작고 하얀 꽃을 피우며 꽃대인 줄기는 아주 밝은 빨간색을 띤다. 줄기는 속이 비어 약한 바람에도 몸을 눕히지만 이내 머리는 치며 몸을 세우는 부드러움과 강인함을 동시에 가지고 있다. 꽃이 지고 얼마 안 되어 삼각능형 씨를 맺는데 흑갈색이다. 꽃과 잎에 혈압강하제인 루틴이라는 물질이 들어있어 건강식품으로 여긴다. 메밀로 베갯속을 하면 가볍고 잘 부서지지 않으며 통풍이 잘되고 습기가 차지 않아 열기를 없애고 중풍을 막는다고 한다.

메밀은 너무 잘 익으면 씨앗이 금세 떨어지므로 70~80% 익었을 때 미리 거두어야 한다. 씨알이 익으면 흐린 날이나 이른 아침에 수확을 해야 먼저 익은 씨알이 흘러내리지 않는다고 한다. 도리깨질로 터는데 여인네 한풀이는 빨래방망이로 한다면 남정네와 머슴들 한풀이는 이 도리깨질로 한다고 할 만큼 맘껏 내리친다. 지금은 그리 어렵지 않지만 예전에 메밀국수를 만들려면 고무래로 간간히 골을 만들면서 멍석에 말리기, 맷돌로 갈기, 고운 체로 치기, 밀가루(3할 이상) 섞어 반죽하기 등등을 거쳐야 메밀국수가 된다고 하니 그 정성이 대단한 것이었다.

예전 남정네들도 부끄러움이 많아 처자 얼굴도 제대로 쳐다보지 못했던 모양이다. 얼굴은 기억도 나지 않는, 마음을 끈 처녀에 대한 묘사가 참 은유적이다.

"얼굴이 이쁜 거는 잘 몰래도 애기씨요. 그 아는 입술이 메밀대궁같이 발갓드래요. 낯빛은 메밀꽃같이 희고… 치마에서는 메밀꿀 같은 내음새가 났드랬소… 애처럽고 달큰했소."

- 『참외는 참 외롭다』, 김서령 산문집

메밀꽃 하나로 이렇게 섬섬한 표현이 나오니 그 작은 메밀꽃이 다시 보이는 것이다. 메밀줄기가 입술처럼 붉다는 것은 아는데 메밀꿀 내음새는 어땠는지 기억이 없다. 메밀꽃 흐드러지게 피는 날 달빛 아래 노니는 운치는 이런 아련한 서정을 불러일으킨다.

이처럼 식물은 그냥 이쁘다는 것으로만 즐기는 것이 아닌, 거칠어지기 쉬운 마음을 부드럽게 하고 아련한 정서를 어루만지는 중요한 매개물이다.

원래는 고구마가 감자

감자꽃이 피어나면 감자를 수확할 때가 되었다. 감자꽃을 본 이도 드물지만 감자는 꽃이 펴도 씨앗을 맺지 않는다. 잘린 감자로 자기 복제를 거듭한 감자에게 씨앗은 별 의미가 없는 것이다. 감자는 캐자마자 바로 삶아 먹는 것이 가장 맛이 좋다. 이는 옥수수나 감자 속에 든 당분이 녹말로 바뀌기 전이라 단맛이 강하기 때문이다.

우리나라에서 원래 '감자'라고 불린 것은 원래는 '고구마'였다. 조선통신사 조엄(1719~1777)이 대마도에서 고구마를 들여오며 남긴 기록을 보면 "이름은 감저甘藷라고 한다. 효자마孝子麻라고도 하는데 왜의 발음으로는 고귀위마高貴爲麻다."라고 했다. 몇십 년 후 북방에서 (진짜) 감자가 들어왔고, 처음에는 이를 '북감저北甘藷'라고 했다. 하지만 고구마는 재배지역이 제한적이고 저장도 어려웠던 데 반해 감자는 어디서나 잘 자라 널리 퍼졌다. 결국 고구마는 제 이름을 감자에게 빼앗기고 대마도 사투리 '고귀위마'와 비슷하게 불리게 됐다. 지금도

감자는 싹눈이 있는 줄기이며, 눈이 붙은 줄기를 쪼개서 심는 것이다.

전남과 제주 일부지역에서는 고구마를 '감자' 또는 '감저' 라고 한다. 김동인 대표 단편소설인 「감자」에서 칠성 밖 빈민굴에서 주인공인 복녀가 키우던 작물도 감자가 아닌 고구마였다. 복녀는 주인 채마밭에 들어가 감자와 배추를 도둑질한다. 배추가 가을 작물이니 고구마 수확기와 일치한다.

감자는 덩이식물로 아무리 배가 고파도 씨감자는 남겨둬야 했다. 씨눈이 달린 큰 것을 잘라 심는 것이 소출이 좋으나 큰 것 위주로 먹다 보면, 항상 씨감자로 심는 것은 잘고 못생긴 놈이었다. 감자농사는 일찍 심을수록 작황이 좋고 심은 지 두 달만 지나면 수확이 되는 작물이라 밑거름을 많이 줘야 했다. 감자는 전분 함유량이 높아 재배면적당 영양가 비율이 어떤 곡물보다 높았다. 잘 자라는 온도가 15~18도로 비교적 저온성 작물이며 23도가 넘으면 알뿌리가 더 이상 커지지 않는다. 우리나라에서 재배하는 감자는 얼음 풀리면 바로 심는 봄감자와 시원한 바람이 불면 심는 가을감자가 있다. 평야지대에서는 봄, 가을 이기작도 하지만 추운 산간에서는 가을 재배가 어렵다.

인류 역사상 감자처럼 식량으로 사용되어 인간 역사를 쥐락펴락한 작물도 없을 것이다. 4,000년 전 도자기의 파편 유물에도 감자가 나오는데, 수천 년간 감자를 먹어온 페루 사람들은 감자를 숭배하고 매우 중요하게 여겼음을 알 수 있다. 잉카제국도 옥수수와 함께 감자를 유용하게 활용하였고, 이후 스페인에서 온 정복자들은 감자와 다른 전리품을 유럽으로 보냈다. 습한 저지대와 열대지방을 제외한 거의 모든 지역, 특히 추운 지방에서도 잘 자랐다.

유럽인에게는 빈센트 반 고흐의 〈감자 먹는 사람들〉그림처럼 빈민의 주식에서 서서히 유럽에 퍼져 나가게 되고, 1793년 루이 13세가 처형되면서 바르사유 궁전은 파헤쳐져 감자밭이 되었다. 저온재배에 강하다는 장점으로 아일랜드에 감자가 전해졌고 17세기 말 연이은 풍년으로 인구가 폭발적으로 늘게 된다. 그런데 1840년대 잉글랜드를 거쳐 들이닥친 역병(감자잎마름병)으로 감자농사를 완전 망치게 되었다. 그 후로 7년 동안의 대기근에다가 티푸스까지 발생하여 약 100만 명 이상이 굶어 죽고 250만 명이 미국으로 이주하게 되었는데, 케네디가도 이때 미국으로 이주한 가문이었다. 감자 기근으로 인한 역사대혼란이 케네디가 미국대통령이 되게 만든 것이었다. 이웃 대영제국은 아일랜드 대기근과 피난민 대책에 대해 수수방관했을 뿐 아니라 상황을 더욱 악화시켰다. 당시 모습에 대해 언론은 이렇게 묘사했다.

"세상에 식민지와 다른 나라의 통치를 받고 있는 나라는 수도 없이 많다. 또한 가난한 나라도 많다. 그 나라에는 거지들이 득실거린다. 그러나 한 명도 빠짐없이 전 국민이 거지들인 나라는 아일랜드밖에 없을 것이다. …(중략)…어린이들 배는(영양실조로) 곧 터질듯이 부풀어 있었고, 전염병으로 인해 그들의 몸은 성한 곳이 없이 터져 있었고, (영양부족으로 몸이 허약해져서) 피가 흘러내렸다. 길거리에는 시체가 산을 이루고 있었고 마을은 황폐화되었다. 그들은 영국인 대지주의 집 앞에 모여들어 식량을 요구했으나 곧 영국군이 그들을 쫓아냈다. 이곳은 지옥과 같았다."

그 당시 얼마나 끔찍했는지 짐작할 수 있다. 식량이 부족한 것이 아니라 아일랜드에서 생산한 옥수수와 밀을 영국으로 강제 유출시켰던 제국의 횡포로 인한 인재였다. 영국은 1997년이 되어서야 블레어 총리가 그 당시 역사적인 대기근에 대해 사과했지만 아직 아일랜드인 마음속엔 그 증오심이 남아 있으리라.

감자 대기근이 일어난 이후 학자들은 감자역병에 대한 연구를 하게 되었고 마침내 식물병리학이라는 학문도 탄생했다. 덩이줄기를 통한 번식은 유전자를 단순화시켰고 바이러스병에 취약한 종으로 만들었다. 씨감자를 조각으로 잘라 재에 버무려 그늘에서 하루 이틀 말리면 자른 면에 피딱지가 생길 때 심는 이유가 다 있다. 감자는 고추나 가지나 토마토를 심었던 땅은 피하는 것이 좋은데 이들이 모두 '가지과' 식물이기에 상호 간 바이러스 전염에 취약하기 때문이다.

자양강장의 상징인 마

마와 참마는 다 중국 원산이지만 우리나라 산기슭이나 숲속에도 자란다. 마는 줄기가 보랏빛이고 참마는 녹색으로 구분을 하는데 둘 다 잎겨드랑이에 주아珠芽라는 '살눈'이 생겨 이것으로 번식한다.

그 밖에도 다양한 마가 있는데 잎이 단풍처럼 갈라져 있고 봄철 어린 싹을 나물로 하는 단풍마, 덩이뿌리는 크고 둥근 모양이며 바깥껍질은 검은색인 둥근마, 털이 없고 잎색이 흑갈색이며 국화잎과 비슷한 국화마, 잎은 콩팥 모양이며 씨 한쪽에만 넓은 날개가 있는 도꼬로마, 잎은 도꼬로마와 닮았으나 긴 심장형인 각시마 등 우리나라에는 10여 종이 자란다. 열대에 많은 식물로서 전 세계적으로는 약 650종이 있다고 한다.

마는 '산에서 나는 장어'라는 별명을 가질 정도로 강정식재료로 알려졌다. 귀한 음식을 먹으러 가면, 마 생즙부터 주는 것은 그 끈적끈적한 점액 같은 물질 속에 아밀라아제 성분이 들어 있어 소화능력

참마에 무성번식체인 주아(珠芽)가 잎겨드랑이에 붙어 자라고 있다.

을 좋게 해주기 때문이다. 또 뮤신이 들어 있어 위벽을 보호하기도 한다. 마는 근골뿐 아니라 뇌도 강화시키는데, 기억력 감퇴를 막으니 치매 예방에도 도움이 된다. 마는 품종에 따라 긴 것(장마), 손바닥 모양 같은 것(단마), 덩어리 같은 것 등으로 분류한다.

참마의 원래 이름은 서여薯蕷였는데 당나라 때 대종代宗의 휘諱(죽은 이의 이름)자가 '여' 자여서 '서약'으로 부르다가 송나라 때는 영종의 휘자가 '서'여서 결국 '산약山藥'으로 바뀌었다는 고사가 전해져 내려온다. 왕 이름을 함부로 부르지 못하게 하는 엄한 법도로 이름이 여러 번 바뀐 운명을 지닌 식물이다.

퇴계 이황 선생도 평소 몸 관리를 하는 데 마를 활용하였다. 퇴계 선생의 삶은 순탄하지 못했다. 부친이 39세에 돌아가셨고 생후 7개월 만에 편모슬하에서 자랐다. 21세에 허씨 부인과 혼인하였는데 27세에 둘째 아들을 낳고 한 달 만에 사망하였다. 30세에는 안동에 귀양 와 있던 권질로부터 딸을 거두어 달라는 간곡한 부탁을 받고 재혼하였다. 권씨 집안은 사화로 집안이 풍비박산 난 터라 충격으로 부인은 정신이 흐릿하였고 퇴계 선생의 마음고생도 심했다고 한다.

권씨 부인마저 46세에 첫 아들을 낳다가 죽고 만다. 하지만 몸도 허약하고 질병도, 스트레스도 많았던 그인 만큼 평소 건강관리를 잘 해서 71세까지 장수했다.

퇴계 선생이 만든 '활인심방' 건강관리법은 아직 많은 사람이 활용하고 있을 정도인데, 보양식으로 마를 이용한 서여주, 산서죽, 산서면을 드셨다고 한다. 서여주는 삶은 마를 우유와 섞어 달걀만 하게 빚

144

은 술인데 몸에 아주 좋다고 한다.

마는 우리뿐만 아니라 전 세계적으로도 이름이 높다. 왜냐면 2009년 세계육상선수권대회에서 세계신기록을 갈아치운 자메이카 출신 우사인 볼트 선수가 즐겨먹는 것이 바로 이 마과에 속하는 얌Yam이었다. 안데스 포테이토로도 불리는 얌은 단백질 성분이 3%인 마에 비해 50%나 되고, 전분과 칼륨이 많아 다리에 일어날 근육경련을 막아 폭발적 속도를 내는 데 큰 도움을 주었을 것으로 추정한다.

더위에 들뜨고 불규칙한 생활이 된 몸을 마로 다스려 본다. 너무 더운 날에는 퇴계 선생이 만든 활인심방의 한 방법인, 중화탕中和湯을 한 그릇 같이 먹으면 더 좋을 것 같다.

중화탕 약재

1. 사무사思無邪: 간사한 일을 없이 하라/ 2. 행호사行好事: 좋은 일을 행하라/ 3. 막기심莫欺心: 속이는 마음을 삼가라/ 4. 행방편行方便: 순리에 따라 편안하게 행하라/ 5. 수본분守本分: 본분을 지켜라/ 6. 막질투莫嫉妬: 질투를 말 것이라/ 7. 제교사除狡詐: 교활함과 거짓을 버려라/ 8. 무성실務誠實: 성실에 힘쓰라/ 9. 순천리順天理: 순리에 따르라/ 10. 지명한知命限: 생명의 한계가 있음을 알라/ 11. 청심淸心: 심을 깨끗이 하라/ 12. 과욕寡慾: 욕심을 부리지 말라/ 13. 인내忍耐: 어려움을 참아라/ 14. 유순柔順: 부드럽고 공손하라/ 15. 겸화謙和: 겸손하고 화평한 심을 가져라/ 16. 지족知足: 족한 줄 알라/ 17. 염근廉謹: 청렴하며 삼가라/ 18. 존인存仁: 어진 일을 하라/ 19. 절검節儉: 절약과 검소하라/

20. 처중處中: 알맞게 처신하라/ 21. 계살戒殺: 살생을 경계하라/ 22. 계노戒怒: 분노를 경계하라/ 23. 계폭戒暴: 포악함을 경계하라/ 24. 계탐戒貪: 탐욕을 경계하라/ 25. 신독愼篤: 조심하고 신중하라/ 26. 지기知機: 기회를 포착하라/ 27. 보애保愛: 보호하고 사랑하라/ 28. 염퇴廉退: 명리에 뜻이 없어 벼슬을 물러나라/ 29. 수정守靜: 고요한 심을 지켜라/ 30. 음즐陰騭: 은연중에 덕이나 은혜를 쌓아라.

잡초의 과학

밭을 놀리다 보면 잡초가 무성해지고 겨울철 무성한 잡초밭에 고라니가 들어와 잠을 자는 경우가 많다. 밭을 잘 경작하는 이웃들은 묵힌 밭 때문에 자신의 농작물이 피해를 본다고 극성이었다. 고라니는 왜 겨울철 안전한 숲속에서 잠자지 않고 잡초밭에서 잠을 청할까.

그것은 잡초밭이 따뜻하다는 데 있다. 겨울에도 볕이 강하고 마른 풀이 바람을 막아주기도 하지만 여러 해 쌓인 잡초는 썩는 과정에서 열을 낸다. 그 열 때문에 고라니가 겨울철 잠자리로 하기에 안성맞춤인 것이다. 개구리가 잠을 자는 곳도 나무뿌리 밑이고 지렁이가 많은 곳도 잡초 뿌리 밑인 걸 보면 겨울철에는 죽은 듯 보이는 잡초더미도 동물들의 편안한 잠자리가 된다.

밭을 묵밭으로 두면 저절로 걸우어진다. 잡초가 지구 밖에서 오는 햇빛에너지를 통해 유기물을 생산해 흙으로 돌리기기에 해마다 기름져 간다. 밭에서 필요한 열매나 뿌리, 잎만을 뜯고 나머지 부산물을

빽빽하게 자란 떡쑥. 떡 만들 때 넣으면 수많은 가는 섬유질로 인해 더 찰져진다.

밭에서 들어내면 흙은 갈수록 척박해진다. 병해충이 걱정된다면 부산물을 태우거나 거름으로 다시 돌려주는 것이 지혜로운 방법이다.

잡초에 대한 가장 큰 오해는 작물과 항상 경쟁한다는 생각이다. 잡초는 거름과 물 주기에 맞춰 길들여진 작물처럼 뿌리를 얕게 내리지 않는다. 더 깊은 곳으로 뿌리를 뻗어 표토까지 미네랄 등 미량 요소 등을 펌프처럼 끌어 올려 작물들에게 가져다준다. 지속적인 경작으로 척박해진 밭을 잡초밭으로 몇 년 묵혀두면 저절로 회복되는 이유다. 땅속 깊이 들어가는 잡초 뿌리는 아래 토양으로 통하는 숨길을 만들어 미생물활동을 돕고 지렁이가 활동하게 만들어 농작물이 보다 풍부한 양분을 빨아들이도록 도와준다.

또한 잡초 뿌리는 흙을 작게 뭉치게(단립화) 한다. 척박한 땅이라도 한 해만 제초제, 농약 치지 않고 농사지으면 잡초 뿌리 도움으로 흙이 포실포실해진다. 아주 작은 덩이 형태 흙을 만드는 것이다. 이런 흙은 물 흡수력이 좋아 아래층에 수분저장고를 만드는 데 도움을 준다. 가뭄이 들 때는 잡초 뿌리가 깊은 곳에서 물을 끌어 올려 농작물에게 전달한다. 잡초가 깡그리 없어진 밭 농작물이 잡초와 더불어 자라는 농작물보다 가뭄피해가 더 크게 나타난다.

얕게 깔린 잡초는 토양 영양분이 비에 씻겨 흘러내려가는 것을 막아, 영양분을 흡수하여 고정시키는 역할을 한다. 초기 작물 성장 시 그늘지거나 바람이 통하지 않아 생길 수 있는 곰팡이균 피해가 생기지 않도록 큰 잡초만 제거하면 된다. 물론 이때 뽑은 잡초도 작물 아래 그대로 눕혀 위에서 흙으로 돌아가게 하면 좋다. 뽑은 잡초로 두텁게

멀칭을 하면 토양 습기도 유지되고 미생물 활동이 활발해져 작물생장에 도움도 되고 잡초가 나는 것을 막기도 한다.

한마디로 잡초로 잡초를 막는 이이제이以夷制夷 전략이다. 맨땅은 무언가 덮어두지 않으면 작물 뿌리를 마르게 한다. 공기 흐름을 차단하는 비닐 멀칭은, 뿌리가 숨 쉬는 것을 막아 점차 작물도 약해진다.

이른 봄 채소가 부족한 철에는 텃밭에 나는 쑥, 냉이, 지칭개, 맨드라미, 방가지똥, 고들빼기, 돌나물, 개망초, 뽀리뱅이 등등 모든 잡초가 다 반찬거리가 된다. 잡초는 단지 잡초가 아니라 오래전부터 구황식물로 이용했다. 한국전쟁이 끝난 후, 보릿고개 시절에는 피와 강아지풀씨를 이용해서 죽을 끓여 먹었다고 한다. 작물과 잡초 경계를 너무 강하게 생각하지 않아야 한다.

흔한 소루쟁이를 이용했다는 기록은 『구황섭요救荒攝要』,(1656년)에 나오는데 그 활용법이 독특하다.

"소루쟁이 뿌리를 구덩이 속에 넣고 겨울에 단단히 덮어 찬 기운이 못 들어오게 하면 움이 나는데 이것을 잘라서 국을 끓이면 부드럽고 맛도 좋고 요기가 된다. 움을 베고 그 뿌리를 도로 구덩이에 넣어두면 움이 또 나고 또 나와서 오래도록 먹을 수 있다."

겨울철 채소를 구하는 선인들이 지혜롭지 않은가?

"새삼씨로 밥을 지어 먹으면 풍증을 고칠 수 있고, 배고픈 것을 참을 수 있다.", "나리 뿌리를 삶아서 먹으면 양식을 대신할 수 있다.", "냉이는 성분이 온화하여 중기中氣(지나친 정신작용으로 호흡이 잠시 멎는 병)를 화하게 하고 오장을 이롭게 하므로 죽을 쑤어 먹으면 능히 중기를 돕게 된다." 등 다른 잡초에 관한 구절도 있다.

단군신화에도 나오는 그 흔한 쑥은 우리 생활과 떼려야 뗄 수 없는 잡초였다. 떡을 만들고, 몸을 다스리는 뜸을 뜨고, 목욕재로 쓰고, 지사제, 진통제, 강장제, 혈액순환제, 기관지 천식, 폐결핵, 폐렴, 감기, 손발저림이나 경련 등에 쓰는 거의 만병통치 수준의 약이었다.

나물을 뜯는 것은 다 때가 있다. 어떤 주말은 텃밭일 제쳐두고 쑥만 뜯었다. 이제 막 세어지려는 큰 쑥을 뜯고 데쳐 냉동실을 가득 채웠다. 한동안은 향기로운 쑥으로 국거리 걱정은 없어진 셈이다. 지금 대부분 농사는 비닐 멀칭을 하지만 개인 텃밭만이라도 그냥 가꾸면 잡초만으로도 반찬거리가 풍성해진다. 이들을 쓸모없는 잡초라고 부를 수 있겠는가? 재배로 야생의 기운을 다 뺏긴 작물보다는 이 잡초나물들이 훨씬 영양가 높은 제철음식인 것이다. 잡초에 대한 편견과 적대의식을 내려놓고 그들 이름을 불러주며 그들과 어떻게 공존할 것인가에 대해 생각하면 좋지 않을까.

식물로부터 얻은 단맛

어느 가을에 가지산을 오르니 노랗고 붉고 주황색 핑크색 갖가지 단풍색으로 참 아름다웠다. 단풍색이 잎에 들어있는 색소와 관련이 있다는 것은 누구나 안다. 광합성 효율이 떨어지면 엽록소에 가려졌던 카로틴이 황적색을, 크산토필은 노란색을, 탄닌은 갈색 계통 색감을 낸다. 하지만 '단풍丹楓'이라 하듯이 단풍나무 색감이 제일 붉고 곱다. 왜 그럴까? 단풍은 색소에 의한 것이기도 하지만 당분도 색감에 관여한다.

단풍이 드는 원리는 먼저 세포 안의 '액포液胞〔vacuole〕'에서 찾는다. 식물도 물질대사를 하기에 노폐물이 생기는데, 식물은 콩팥 같은 배설기가 없어서 액포라는 작은 주머니에 배설물을 담아뒀다가 낙엽이 질 때 같이 내다버린다. 식물로 보면 낙엽은 일종의 배설행위다. 액포에 당분이 많으면 많을수록, 만들어진 안토시안과 결합하여 단풍색이 훨씬 더 맑고 밝다. 청명한 날이 길고, 일교차가 크면 밤 온도가

루브라 참나무 단풍색. 붉은색 맛은 단맛인지 모른다. 붉은 것은 단맛이 관여하기 때
문이다.

낮아 광합성산물이 적게 소비되니 단풍색을 더 곱게 물들이는 것이다. 잎자루 아래에 떨켜가 생겨 잎에서 만들어진 당이 줄기로 내려가지 못하고 잎에 쌓이게 되는 것도 단풍이 드는 중요한 요인으로 생각한다.

캐나다 국기에 나오는 설탕단풍나무〔maple〕는 사탕을 만드는 재료로 유명하다. 이른 봄에 수액을 받아 만드는 사탕으로, 메이플 시럽 maple syrup(단풍당밀)으로 많이 알려져 있다. 캐나다는 우리가 고로쇠물을 채집하듯 엄청난 양의 설탕 단풍물을 채취해 메이플 시럽을 제조한다. 두 말(40L) 정도 수액을 끓이면 1리터 정도의 메이플 시럽이 얻어지는데 퀘벡이 세계 최대의 메이플 시럽 생산지다. 캐나다는 전세계량의 80~85% 정도를 생산하는데, 메이플 시럽 수출량만 연간 2000억 원 정도 되는 것으로 알려져 있다. 메이플 시럽은 진한 색깔과 독특한 향으로 요리전문가들에게 사랑을 받는데, 주로 팬케익이나 프렌치토스트, 오트밀, 와플 등에 얹어 먹는다. 다만 독특한 향을 지닌 차나 커피에는 쓰지 않는다. 캐나다뿐만 아니라 미국 버몬트주에서도 메이플 시럽이 많이 생산되는데 주를 상징하는 나무이기도 하다.

버몬트주 25페니 동전에는 메이플 시럽을 채취하는 풍경이 들어 있다. 우리나라 고로쇠를 활용한 지역경제 기여와는 비교가 되지 않는다.

가까이 두고도 먹지 않는 인내심의 교훈을 가르치는 『마시멜로 이야기』가 있듯이, 사탕으로 유명한 마시멜로marshmallow는 스펀지 형태의 사탕류 식품이다. 설탕이나 콘 시럽, 물, 뜨거운 물로 부드러워진

젤라틴, 포도당, 조미료로 거품을 일으킨 다음 굳혀서 만든다. 하지만 마시멜로 재료도 원래는 식물이었다. 마시멜로는 유럽, 서아시아가 원산지인 쌍떡잎식물 아욱과에 속하는 여러해살이풀이다. 마시멜로 marshmallow도 원래 늪지〔marsh〕에서 자라는 아욱〔mallow〕이라는 뜻이고 신에게 바치던 제물이자 약이었다. 원래 마시멜로 사탕은 식물 줄기껍질을 벗기면 나오는 부드럽고 스펀지 같은 알맹이로 만들었다. 이걸 설탕 시럽에 넣어 끓이고 말리면 부드럽고 질긴 과자가 되었는데, 19세기 후반에 옥수수 녹말을 사용하면서 지금의 디저트 형태로 발전하게 되었다고 한다. 미국인들은 1년에 4만 1000여 톤의 마시멜로를 소비한다고 하니 그 인기를 짐작할 수 있다.

전통적으로 우리 단맛은 곡물로 만든 '물엿'으로 불리는, 조청造淸이 담당했다. 자연산 꿀을 청淸이라 했기에 '인위적으로 만든 꿀'이라는 뜻이다. 조청을 만드는 날은 곧 큰 잔치가 있거나 명절이 다가왔음을 알리는 것이었다. 조청을 만드는 어른들은 바빴지만 아이들은 마음이 들떴다. 곡물의 전분질은 찌거나 삶으면 익어서 풀처럼 끈끈해진다. 엿기름물을 섞고 따뜻하게 중탕을 하거나 묻어두면 밥알이 삭아 당화되어 풀어지는데 이를 '엿밥'이라 한다. 자루에 퍼담아 Y자 가지에 올려 나뭇가지로 비틀어 짜내면 바로 '엿물'이 된다. 이제 큰 무쇠솥에 엿물을 붓고 불을 지펴 놓지 않도록 저으면서 진하게 조린다. 조청은 쌀밥으로도 만들고, 수수가루, 옥수수가루로 쑨 죽으로도 만들었다. 잡곡은 어느 것이나 재료가 되지만 쌀로 만든 것은 맑고, 수수로 만든 것은 붉은빛이 돌며 고구마로도 만들 수 있다. 떡을 찍어 먹을 묽은 조청은 먼저 퍼내고 강정을 만드는 조청은 더 달았다. 꿀은 흔하게 쓸 수 없는 귀한 것이므로 떡·과자 등의 음식을 만들 때에는 꿀 대신 조청을 많이 썼다.

사람만이 단맛에 끌리는 것이 아니다. 모든 생명체가 영락없이 다 단맛에 끌려드니 수정을 위해 꽃꿀의 단맛을 준비한 것인지 모른다. 식물은 꽃뿐만 아니라 몸 일정 부위에 꿀을 내어 개미들을 끌어들이기도 한다.

지금은 별 인기가 없지만 추억의 사탕인 박하사탕. 단맛보다 멘톨 성분의 신선함이 먼저 느껴지는 박하사탕은 식후의 덜큰함을 한순간에 없애 주었다. 모든 걸 다시, 새롭게 시작되는 듯한 청량감을 준다. 영화 〈박하사탕〉에서 설경구가 외치는 "나 돌아갈래~"처럼 순수했던 젊은 시절에 대한 그리움이다.

음식 맛을 돋우는 양념과 향신료

오래전부터 향기 나고 자극적인 맛을 내는 식물은 특별한 용도로 이용되었다. 요즘도 추어탕이나 삽겹살 구이, 생선회 등을 먹을 때 자연스레 상큼한 깻잎을 곁들이거나 촘촘히 썬 파무침이나 생마늘, 매운 풋고추, 고추냉이 등이 나온다. 추어탕에 자연스레 들어가는 초피(제피)가루는 심지어 김치양념으로도 넣지만 중부 이북 사람들은 아주 낯설어 한다. 음식 맛을 돋우기 위하여 사용하는 재료를 통틀어 양념이라고 하는데, 우리 양념은 간장, 된장, 고추장, 소금, 설탕, 고춧가루, 기름, 후추, 식초, 깨소금, 파, 마늘, 생강 등 다양하다.

유럽에서는 이와 비슷한 역할을 하는 것을 향신료라 불렀다. 향신료香辛料〔spice〕는 식물의 열매, 씨앗, 꽃, 뿌리 등을 이용해서 음식 맛과 향을 북돋거나 색깔로 식욕을 당기게 하고, 소화를 돕고, 육고기 누린내, 생선 비린내를 없애는 기능을 한다.

향신료 중의 하나였던 육두구는 17세기 유럽에서 가장 탐나는 사

초피나무. 씨앗 껍질을 갈아 양념으로 쓰는데 최근에는 추출물로 항균 및 항염활성
을 띄는 치약을 개발했다고 한다.

치품이었고 금만큼 귀한 존재였다. 원래부터 비싸던 것이, 엘리자베스 여왕 시절 런던의 한 외과 의사가, 기침으로 시작해서 결국에 죽는 전염성 흑사병에 육두구 향낭만이 유일한 치료법이라고 주장한 다음부터 육두구 값은 천정부지로 치솟았다고 한다. 이 향신료는 약효도 강했기에 사람들은 목숨을 걸고서라도 그 열매를 얻고 싶어 했고 수요가 폭발적으로 늘어난다. 베니스를 통한 간접무역을 벗어나 그 비싼 향신료를 직접 얻는 새로운 해상로를 뚫으려던 노력이 포르투갈, 스페인, 영국에서 일어나고, 이것이 훗날 '향료전쟁'으로 알려진 역사를 바꾼 서막이 되었다.

허브라고 하면 대부분 지중해를 중심으로 한 외국산으로 알고 있지만 창포, 파, 부추, 고추, 익모초, 향유, 방아풀(배초향), 달래 등과 같은 우리나라 토종 산야초 중에도 허브가 아주 많다. 스님들은 육식을 계율로 금하기에 식물 속 향료로 그 식감을 달랬는데, 유난히 오신채五辛菜라 하여 불교에서 마늘, 파, 부추, 달래, 무릇의 다섯 가지는 금했다. 이 재료들이 분노를 일으키고 음심淫心을 강하게 한다고 믿었다. 대신 고수나 참죽나무, 산초, 제피, 들깻잎, 방아풀 등으로 그 향취를 즐겼다. 우리나라 사람들은 특히 매운 것을 좋아한다. 맵고 자극적인 향신료는 음식을 맛을 풍성히 만든다. 고추에 든 '캡사이신'이 만드는 매운맛은 사실 맛이 아니라 통증이지만 이 통증을 줄이기 위해 뇌에서 자연 진통제인 '베타-엔트로핀'을 분비하며 스트레스가 해소되고 기분이 좋아지는 효과를 본다고 한다. 현대사회에서 스트레스와 긴장도가 높아질수록 매운 음식만 늘어가기 쉽다. 매운 음식이 몸에 좋다 나쁘다를 떠나 더 매운맛을 식당 홍보의 주무기로 내놓는 시절이라 안타까울 뿐이다.

인간은 각양각색의 음식을 먹는 잡식동물이다. 이러한 습성은 곤충, 과일, 씨앗, 이파리, 고기 등 다양한 먹이를 먹었던 영장류 조상으로부터 물려받은 것이겠지만, 가짓수가 많으니 배를 곯을 가능성이 적게 만들어 생존에 유리하게 한 점도 있었다. 문제는 새로 마주치는 먹잇감 후보가 괜찮은 에너지원인지 아니면 몸에 해로운 독인지 확신할 도리가 없다는 것이었다. 그 해결책 중의 하나가 단맛, 신맛, 짠맛, 쓴맛, 감칠맛 등 기본적인 맛을 혀로 느끼는 것이었다. 단맛은 우리를 유혹해 탄수화물이 많이 들어간 에너지원을 먹게 한다. 신맛도 당분이 함께 들어있는 과일로 우리를 이끌고 짠맛은 갑작스런 탈수로부터 우리를 보호해 준다. 쓴맛은 학창시절 PTC용액을 맛보는 걸로 검사했듯 식물들이 만드는 방어용 독소를 처음부터 피하게 해준다.

잡식동물인 인간에게 채소, 과일, 유제품, 단 과자, 곡물, 음료, 고기 등 여러 음식물 중에서 안전에 가장 위협적인 것은 무엇이었을까? 그것은 바로 부패하기 쉬운 육고기였다.

식물과 씨앗은 죽은 다음에도 식물 세포의 세포벽이 세균 침입을 허락하지 않기에 잘 상하지 않는다. 또한 식물이 만드는 2차 대사산물(방어물질)들도 세균과 곰팡이를 억제하는 데 한몫을 담당한다. 하지만 동물이 죽으면 식물과는 달리 면역계 활동이 바로 멈추고 세포벽이 없어 실온에 잠시만 두어도 세균, 곰팡이가 파고들어 몇 시간 만에 상해버린다. 살모넬라, 탄저균, 대장균 등에 감염된 고기는 식중독을 일으켜 심하면 우리 목숨까지 앗아간다.

어쨌든 오랫동안 사용한 양념이나 향신료들이 풍토병과 음식을 통한 감염을 막고, 전 세계적으로 퍼지는 고위험 전염병도 양념 듬뿍 친 우리 식생활 앞에서는 맥을 못 춘다는 것이 지난 사스 감염병으로 확인되기도 했다. 봄철에는 쑥 뜯어 된장만 풀고 끓여 먹어도 향기로운 쑥국이 된다. 쑥도 몸에 좋은 토종 허브라는 것 아시는지?

야생 식물 종자와 돌연변이

우리가 지금 키우는 무는 본래부터 굵직한 뿌리를 가졌던 것은 아니다. 감자도 본디 칠레와 페루의 산에서 살았다. 그 크기는 도토리만 했고 독이 있는 덩이줄기였다. 잡풀이나 다름없던 감자가 사람에 의해 재배되면서 경쟁이 필요 없게 되자 오늘날의 것처럼 알이 굵어지고 영양분이 많아진 녹말 덩어리가 되었다. 이 식물들은 한때 사람들에게는 전혀 쓸모없는 야생의 잡풀에 불과했다. 하지만 사람들이 갖은 노력과 시간을 들여 바꾸어 놓았다.

산에서 자라는 야생 배나무는 뻣뻣하고 사나운 가시를 가지고 있다. 열매는 작은 데다 시고 떫고 딱딱하다. 씹으면 모래 같아서 잇몸을 들뜨게 할 정도인데 현재 파는 배는 그 크기가 두 주먹을 합쳐 놓은 것처럼 크고, 달고 시원한 맛을 우리에게 선사한다.

사람이 야생 식물을 어떻게 길들였는지에 대해 파브르가 들려주는 좋은 예가 있다.

찔레꽃과 해당화 사이에서 만들어진 자연돌연변이. 기청산식물원 내 해안식물원

지금 우리가 먹는 당근은 어떤 식물학자의 끈질긴 품종개량의 결과이다. 1832년에 '빌모랑' 야생당근으로 실험을 했다. 첫 해에는 야생당근을 심고 거름을 많이 주었는데 당근은 줄기와 꽃을 키우는 데 집중했지 뿌리는 굵어지지 않았다고 한다. 그 이듬해 다른 실험을 했는데, 3월부터 10월까지 여덟 달이 걸리는 야생당근의 씨를 4월에 뿌리고 줄기가 자랄 때마다 잘라내 아래쪽 잎만 남겨두었다고 한다. 하지만 영양분은 뿌리로 가지 않았다고 한다.

3년째 되던 해에는 씨앗을 아예 6월 말에 뿌려서 꽃 피울 수 있는 시간을 딱 반으로 줄여주었지만 뿌리에는 아무 일도 일어나지 않았다고 한다. 그런데 그 가운데 대여섯 그루는 조금 이상했다. 다른 것에 비해 줄기를 잘 뻗지 못하고 뿌리에 영양분을 쌓아두려는 돌연변이였고 여기서 겨우 지름이 1.3센티미터 되는 당근을 얻게 된다. 이 대여섯 그루를 이듬 해 밭으로 옮겼고 이 당근으로부터 씨앗을 받아 크게는 1kg이 넘는 채소 당근이 되었다.

환경이 열악한 상태에서 식물은 생존을 위해 돌연변이를 일으킨다. 수많은 시간 속에서 돌연변이를 일으켜 왔던 식물식량이 현재 우리의 주식이 되었다. 이렇게 생각해 보면 작물 씨앗 한 톨에는 지금까지 인간에 의해 길들여진 식물재배 역사가 다 숨어 있다고 보면 된다.

미국 농무부에서 운영하는 대두유전자원보존소〔USDA Soybean Germplasm Collection〕에는 미국 콩 산업의 뿌리가 된 종자 2만여 종을 보관하고 있다. 대두유전자원보존소장인 랜들 넬슨Randall L. Nelson은 이런 말을 했다. "현재 재배되는 미국 대두의 90퍼센트는 35가지 조상 품종에서 나왔는데, 이 35개 조상 품종 중에서 6개 품종이 한국에서 온 것이다. 한국산 6개 품종은 미국 대두 재배에 엄청난 기여를 했다." 1980년대에 이르기까지 경기, 충청, 강원 등 우리나라 모든 지역에서 토종 콩 종자가 유출되었다. 1906~1917년 여행가 프랑크 메이어가 미 농무부의 의뢰를 받아 조선, 중국, 러시아에서 다양한 식물을 채집해 간 데 이어, 1929~1932년 도셋과 모스가 이끄는 본격적인 콩 원정대가 한국을 다녀갔다. 이들은 한국과 일본, 중국에서 재배콩과 야생콩 종자를 대량으로 수입해 갔다. 동아시아에서 수집해 간 콩은 4,471점이었고 그중 우리나라(조선)의 것이 3,500점(약 76%)이었다고 한다.

미국은 큰 땅덩이에 비해 식물종은 별로 없는 나라였다. 식물 자원 수집이 국가의 최대 관심사가 된 것은 당연한 일이었고 미국 제3대 대통령인 토마스 제퍼슨Thomas Jefferson(재임 기간 1801년~1809년)이 세계 각지의 식물을 수집해 올 것을 지시했다. 식물 자원 수집이 주로 군인과 외교관들의 몫이었다고 하니 놀랄 만한 일이다. 이들은 타국의 문호를 개방시키는 동시에 현지의 식물 종자를 무차별로 수집해 갔다. 군함을 동원하여 일본을 개항시켰던 페리 제독 역시 일본 콩 종자를 수집하여 본국으로 가져갔다. 미국 해군 장교와 외교관들이 곳곳에서 현지 식물 종자를 수집해 보내면, 미국 농민들은 도입된 식물을 육종, 재배하면서 자국 기후에 적응하도록 길들였다.

마침내 미국은 현재 65만 종에 이르는 식물 자원을 가진 단연코 1위의 식물종자원보유국이 되었다. 수집된 종자를 민간기업에 연구용으로 제공하였는데 몬산토의 GMO종자도 이렇게 탄생했다. 미국 GMO 콩 종자 속에는 한국콩 유전자가 25% 이상 들어 있을 것이라고 한다. GMO 콩도 문제지만 참으로 억울하면서도 부러운 일이 아닐 수 없다. 군함과 군인, 외교관의 뒤에는 식물종 채집이라는 현실적 이해 관계가 들어 있었다는 사실이 말이다.

현재 우리나라는 2011년부터 농업기술경쟁력을 높이고 농업을 생명산업으로 전환하기 위한 농업진흥청의 '차세대바이오그린21 사업'을 본격적으로 시작했다. 하지만 연구 과제 대부분이 유전체 생명공학으로 GM작물개발 상용화에 관련한 것들이다. 우리나라 땅이 미국 민간기업이 인위적으로 유전자를 변형시킨 프랑켄슈타인들의 재배지가 될 것 같아 불안하다. 식물종을 소홀히 취급했던 죄가 업보로 돌아오고 있는지도 모를 일이다.

우리나라 주식이 옥수수라고요

국도를 달리다 보면 솥을 걸어 놓고 옥수수를 삶아 파는 이들을 만난다. 요즘은 대학찰옥수수 품종으로 거의 단일화가 이뤄졌지만 옥수수처럼 수많은 변종을 가진 곡식도 드물다. 옥수수는 세계 많은 지역, 특히 라틴 아메리카에서 지금도 기본 식량원으로서 중요한 역할을 하지만 동물에게 가장 값싼 사료로 대표적인 식물이다.

라틴아메리카의 원주민인 '인디오'에게도 옥수수가 주식이었다. 이들에게 옥수수가 얼마나 중요한 작물인지는 마야인들의 신화인 「포폴 부」에 상징적으로 나와 있다. 마야 신화 속 신은 인간을 진흙으로, 나무로 만들었다가 실패하고는 마지막으로 옥수수를 택한다. 마야인뿐만 아니라 인디오 대부분은 옥수수로 인간을 만들었다고 생각할 정도다.

1492년 아메리카 대륙에 도착한 유럽인들은 쿠바 원주민들의 옥수수를 에스파냐(스페인)로 가져갔다. 그리하여 유럽 전역으로 퍼지게

GMO 옥수수는 여러 먹을거리 재료의 기반이 되기에 불안하다.

되었고, 16세기 들어서 중국과 인도, 우리나라까지 전파되어 전 세계인의 식량이 되었다. 옥수수는 기후에 대한 적응력이 뛰어나 차고 서늘하고 건조한 기후에서도 잘 재배되기에 가능한 일이었다.

옥수수는 일반 식물과 광합성하는 방법이 다르기에 생산력이 높은 식물이다. 대부분 식물은 광합성 과정에 최초 중간산물로 3탄소화합물인 포스포글리세르산(PGA)이라는 물질을 만들고 경로를 거쳐 당을 합성한다. 이를 C3식물이라고 한다. 이에 반해 옥수수는 C4식물로 중간물질로 탄소를 4개씩 갖는 옥살아세트산, 말산, 아스파르트산과 같은 유기산을 최초의 중간산물로 만든다. 이런 식물은 기온이 높고, 수분이 적으며, 강한 광선, 그리고 낮은 이산화탄소 농도에서도 광합성률이 높다. 사탕수수, 잔디, 억새 등도 빛이 강한 곳에서 자연스레 터득한 생존방법이다. C3식물에 속하는 벼, 밀은 30배 이상 수확이 힘들지만 C4식물인 옥수수는 고온에서도 광합성효율이 높아 한 알에서 수백 배가량 수확할 수 있다. 이것이 식량, 사료작물로 옥수수 재배가 폭발적으로 늘어난 이유다.

옥수수는 단지 우리 간식거리에 지나지 않는 것일까? 놀랍게도 우리도 모르는 사이에 실제 주식에 가깝게 먹고 있다. 옥수수 통조림(콘샐러드), 콘스낵, 팝콘, 옥수수유, 아침식사용 시리얼, 물엿 및 물엿 함유 가공식품(과자류 등), 옥수수전분 함유 가공식품(과자류, 빵류, 맥주, 콜라, 사이다, 스프, 당면, 알약, 팥앙금) 등에 모두 옥수수가 들어간다. 거의 안 들어가는 가공식품이 없을 지경이다. 소들이 먹는 일반 풀에 들어있는 오메가-3는 이동성이 높아 지방질을 줄여 주는 데 반해 옥수수는 많이 섭취하면 위험하다. 왜냐하면 옥수수에는 오메가-6 지방산이 많이 들어 있기에 지방분해 및 배출을 방해하고 축적시키기 때문이다. 그래서 옥수수를 많이 먹으면 비만에 걸리기 쉽다. 만약 주식으로 옥수수만 먹으면 필수 아미노산인 니코틴산(나이아신)이 결핍되어 '펠라그라병'(피부질환과 소화계 및 신경계 장애인 펠라그라의 전형적인 3D, 즉 피부염 dermatitis·설사diarrhea·치매dementia)에 걸리기 쉽다.

옥수수를 주식으로 한 마야, 아즈텍인들은 옥수수를 석회수에 담가 껍질을 제거하여 칼슘, 철분, 니코틴산 함량을 증가시키는 방법으로 해결하였다. 옥수수가 스페인에 처음 전래되었을 때 이 조리법은 배워가지 않아 펠라그라병이 퍼지기도 했다 한다.

이 일이 우리와 전혀 무관한 일이 아니다. 알게 모르게 가공식품을 통해 옥수수가 주식이 되었다는 사실이다. 〈옥수수의 역습〉 다큐멘터리에는 12세 초등생 머리카락 성분 조사를 통해 몸의 34% 정도가 옥수수 성분임을 밝혀내고 있다. 옥수수를 먹이면 빨리 살찐다는 것을 소 키우는 데 적용한 것이 바로 소고기 등급제 '마블링'이다. 옥수수를 먹이면 소 성장이 두 배가 빨라지기에 허연 실기름이 살에 박히는 꽃등심이 된다. 우리는 꽃등심 마블링 신화에 젖어, 고기가 부드럽다는 이유로 과다지방을 섭취하고 있다. 과거 비육소 종주국인 아르헨티나는 소를 풀을 먹여 키우고, 약한 불로 4~5시간 기름을 다 빼고 먹는지라 소고기를 주식으로 하지만 건강은 별 문제가 없다고 한다.

소는 특정 미생물의 도움으로 되새김질하며 섬유소도 분해하는 반추동물로 진화한 동물이다. 하지만 소가 옥수수를 먹게 되면 소화가 잘되지 않고, 위산과다가 되어 위가 헐어진다. 이 문제 때문에 항생제를 먹이는 악순환이 계속된다. 문제는 이뿐만이 아니다. 원래 풀만 먹으면 소는 되새김질을 통해 거의 완전히 소화를 시키는데, 곡물(옥수수)을 먹이게 되면서 변을 많이 보고, 이 배설물이 바로 지구온난화 지수가 높은 메탄을 대량 발생시키고, 폐수와 환경 문제를 일으킨다.

미국은 남아도는 옥수수를 활용하려고 친환경을 내세워 Bio에너지를 생산함에 따라 국내 사료값마저 폭등을 하게 되었다. 옥수수 대신 풀을 먹인 소고기는 지방이 노랗게 변한다고 하니 참조할 필요가 있다. '마블링 불매운동'이라도 벌여야 되지 않을까? 미국에서 들여오는 가장 싼 원재료라서 어디든 들어가는 GMO 옥수수를 피할 길은 없는지 걱정이다.

4

식물의
신비로움

지진을 감지하는 식물

우리나라도 지진이 연달아 일어나고 있다. 지진은 남의 나라 일로 여기다 실제 우리 일로 닥치니 무척이나 당황스럽다. 대지진은 엄청난 재앙은 말할 것도 없고 누구나 커다란 공포를 느낀다고는 하는데 아직 대지진을 체험한 적이 없으니 막연하다. 규모 7의 지진이 한 차례 발생할 때 나오는 에너지는 만 톤급 원자탄 20여 개와 맞먹는다고 한다. 전 세계에서는 해마다 지진이 대략 500만 번 발생하는데 그 가운데 사람이 느낄 수 있는 지진은 5만 번가량 발생하고 파괴성이 강한 지진은 2, 3백 번 발생한다고 한다.

사람은 잘 못 느끼지만, 지각변동으로 인한 '전자파의 이상'을 동물이나 식물은 민감하게 포착해서, 이상행동으로 나타내는 경우가 많다고 한다. 지진이 잦은 일본에서는 지진전조현상 리스트를 만들었다고 하는데, 그중 동식물과 관련된 것은 아래와 같다.

개가 이상하게 흥분하고 호소하듯 짖는다, 고양이가 기둥이나 나

미모사(함수초)는 지진이 일어날 때가 되면, 낮에도 잎을 닫는다고 한다.

무에 올라가 얼굴을 씻는 동작을 한다, 애완용 소동물이 살기를 띠고 공격적으로 된다, 까마귀가 평소와 다르게 시끄럽게 울고 집단으로 사라진다, 물고기가 대량으로 수면 근처에 떠올라 어획량이 늘어난다, 지렁이가 대량으로 땅에서 기어 나온다 등등.

이 밖에도 지진이 발생하기 전 쥐들이 거리에 나다니고 가축들이 우리 안에 들지 않으며 닭들이 나무 위에 날아오르는 등 비정상적인 행동을 보인다고 한다. 갑자기 심해어가 잡히고 벌들이 벌집을 떠난다고도 한다.

오사카대학 이케야 명예교수는 "지진 발생 2주 전쯤부터 지각에 작은 파괴가 생긴다. 이것은 1주쯤에 줄었다가 다시 지진 직전에 생기는데, 이때 생기는 전자파를 동물이 포착해서, 이것이 이상행동으로 나타난다."고 과학적인 이론을 제시했다.

소리 지르지 못하고 움직이지 않지만 식물들도 지진을 예측한다고 한다. 제철도 아닌데 식물이 갑자기 꽃을 피운다거나 미모사(함수초)가 밤도 아닌데 잎을 접는 현상을 보인다는 것이다. 정상적으로는 미모사가 낮에 잎을 펼치고 밤에 잎을 접는데, 반대로 갑자기 낮에 잎을 접는 현상이 일어나면 오래지 않아 지진이 발생한다는 것이다.

중국에서도 1970년 서녕에서 규모 5.1의 지진이 발생했는데 룽덕현에서 지진이 발생하기 한 달 전인 초가을에 씀바귀꽃이 피었다고 하고, 1976년 당산에서 7.8의 강력한 지진이 발생하였는데 지진이 발생하기 전 참대꽃이 피고 과일나무에서 열매가 맺힌 후 또 다시 꽃이 피는 등 이상한 현상들이 나타났다고 한다.

1923년 9월. 관동 대지진 한 달 전에 〈라쇼몽〉의 작가인 아쿠다가와 류노스케도 각기 다른 때에 피어야 할 등나무꽃, 황매화, 창포, 연꽃이 한꺼번에 피어있는 기묘한 장면을 보고, 천재지변이 일어날 거라고 얘기했는데, 아무도 상대해 주지 않았다고 기록을 남겨놓고 있다. 지진은 발생하기 전 지온, 지하수위, 대지 전위電位 등에 변화가 나타나므로 땅에 뿌리를 박은 식물이 민감한 반응을 보이는 것이라 짐작하고 있다.

인간은 과연 지진을 예측할 수 있을까?

2009년 일어난 이탈리아 라퀼라 지진(M6.3)은 지진 발생 전에 전조 현상으로 지진광地震光(하늘에서 나타난다고 보고되는 특이한 빛)이 수십 차례 기록됐다. 본진 이후 여진이 7개월 후까지 발생하여 사상자가 1,000명이 넘었고, 붕괴·손상건물 1만여 채가 발생했다. 지진 발생 3개월 전부터 미진이 잦았고, 특히 라돈가스 방출량이 급격히 늘어났는데, 국립핵물리학연구소의 지암파올로 줄리아니는 대규모 지진을 예측, 정부에 보고했지만, 공포감을 조성한다는 이유로 묵살당했다. 그는 굴하지 않고 인터넷에 자신의 연구 결과를 올려 대중에 알리고자 했다. 시 당국은 줄리아니를 고발했고 인터넷에 올린 연구 결과까지 강제 삭제했다고 한다.

이후에 주민들 불안은 더해 갔고, 국립재난위원회가 열렸다. 인터뷰에서 한 과학자는 "이제 소파에 앉아서 와인을 마셔도 되는가?"라는 질문에 "예."라고 대답했다. 자문회의 일주일 후 대지진이 발생했다. 과학자 주장을 믿고 다른 마을로 대피했다가 집에 돌아와 있던 사람들 중 일부가 참변을 당했고 자문단을 고소했다. 1심에서 자문단 모두에게 '과실치사죄'로 6년 형이 선고되었는데 '제2의 갈릴레오 재판'이라고 비난하며, 과학자 수천 명이 탄원서를 제출했다. 2심에서는 "예."라고 답한 과학자 1명을 제외하고 모두 무죄가 되었다. 인간은 아무리 해도 지진을 예측하지 못한다는 것에 손을 들어준 것이다.

과학계 지진 예측은 복잡하고 전문적인 분석을 통해 하는데 우리가 쉽게 접하거나 이해하기는 어렵다. 지진 대비에 우리는 이제 겨우 메뉴얼을 만들어야 할 수준일 것이다. 가족과 내 생명을 지키기 위해, 계절 감각을 되살려 철에 맞지 않는 자연변화를 보이는 전조현상에 더 기대야 하는 것인지도 모르겠다.

음악과 노래, 그리고 청각을 가진 식물

음악은 동서고금을 떠나 전 세계 모든 문화권에서 만들어졌다. 결혼식, 장례식, 종교 의식, 운동, 가무 등등 모든 문화 행사에 빠짐없이 들어간다. 음악은 신기하게도 듣는 이들 정서에 커다란 울림을 만들어 낸다. 그러기에 사람들은 음악을 생산하고 소비하는 활동에 엄청난 시간과 돈을 아낌없이 투자한다. 음악이 인간문화의 중추를 이루고 있지만, 정작 음악이 어떤 목적을 수행하기 위해 진화했는가에 대해서는 속 시원하게 밝혀진 바가 별로 없다. 다윈마저도 이 문제로 고민을 많이 하였다고 하는데 마침내 이런 결론을 내렸다. "음표를 만드는 능력이나 감상하는 능력 그 어느 것도 인류의 일상생활에 털끝만큼도 쓸모가 없으므로, 이들은 인간이 갖춘 능력들 가운데 가장 불가사의한 것으로 여겨져야 한다."

이처럼 인간이 가진 청각을 바탕으로 한 음악세계는 아직 신비에 사로잡혀 있다. 들뢰즈Gilles Deleuze는 소리 세계 즉 청각의 세계를 형

소리는 다양한 매질을 통해 전달된다. 물 표면에 퍼지는 동심원처럼.

태 세계, 즉 시각의 세계와 상호대조함으로써 소리 세계가 가진 고유성 혹은 실존을 뒤흔드는 강력한 힘을 발견하게 된다. 그가 강조하는 것은 외부로부터 들려오는 소리, 즉 인간의 정서를 여지없이 동요시키는 강력함을 가진 소리의 혁명성이었다.

파시즘이 히틀러 연설 소리를 조작함으로써 개체들을 자발적 복종의 상태로 만들었듯이, 해방적 전략도 개체들이 자기 긍정을 위해서 소리 세계를 창조적으로 생성할 필요가 있다고 본 것이다. 이러한 모습은 촛불집회에서 시작된 〈임을 위한 행진곡〉이 이제 전 국민의 가슴속에도 울려 퍼지는 모습에서도 실감했었다.

식물에 있어서 청각이 있느냐 어떠냐에 대해 논란 대상이 되는 건 사실이다. 전통적인 시각에서도 '벼는 농부 발소리를 듣고 자란다'는 말이 있듯이 어느 농부는 아침마다 논에 가 '벼들아, 잘 잘잤니?'를 외치며 논둑에서 벼들을 쓰다듬어 준다고 했다. 실제 효과가 있어서 이제 논 안쪽으로도 다니며 벼들을 쓰다듬어 준다고 한다. 더 나아가 태풍이 오거나 큰 비가 오면 벼가 쓰러지는 것을 막기 위해 꽹과리를 치며 '벼들아 힘내라!'며 외친다니 쉽게 믿기 어려운 이야기다. 농작물을 키우는 데 음악을 활용하는 그린음악 이론에 의하면 남도풍물은 우리에겐 귀를 찢는 듯한 꽹과리 소리지만, 작물에 달려드는 벌레들에게 강렬한 음파무기를 쏘아 막아준다고 한다.

청각을 담당하는 기관이 귀라고 한다면 식물에는 귀가 없다. 하지만 소리는 공기를 통해 전달된 음파가 귓바퀴에 포착되어 이도를 통해 전달되어 고막을 진동시키는 방식으로 전달된다. 고막의 물리적

운동을 전기 신호로 바꾸어 청신경을 통해 뇌로 전달된다는 것이 과학적인 설명 방식이다. 즉 인간의 청각은 공기를 주요 매질로 이용하므로, 공기가 없으면 음파가 전달되지 않아 들을 수 없다.

식물은 귀를 갖지는 않았지만 땅은 소리를 잘 전달한다. 철로에 귀를 대어 기차가 오는 걸 알아낼 수 있다. 옛날 서부영화에서, 아메리카 인디언들은 땅에다 귀를 대고 멀리서 말이 달려오는 소리를 감지한다. 식물이 듣는다는 것은 어쩌면 이런 진동을 촉각으로 감지하는 것이라 볼 수 있다.

땅속 잔뿌리는 장애물을 만나면 근단(뿌리끝)이 장애물을 만져 보고 어떤 물질인지 확인한 다음 우회할 것인지 그냥 뚫고 갈 것인지를 결정한다고 한다. 이는 덩굴나무가 덩굴손으로 이웃 나무를 타고 올라가 햇빛을 보는 감각과도 통하는 것이다. 촉각은 바로 진동을 감지하는 능력이며 식물은 인간처럼 청각이 귀에 집중되어 있는 것이 아니라, 전신에 널리 분포되어 있는 것으로 볼 수 있다. 식물은 온몸으로 이 파동을 감지하며 소리를 느낄 수 있는 것이다.

'Seeing is believing' 속담처럼 본다는 것은 사물 세계에 대한 객관성을 높이는 것이었고 시각은 사물의 존재성을 가장 확실히 증명하는 것이었다. 이에 비해 후각, 청각, 촉각, 미각 등은 훨씬 더 개인주의적이고 친밀한 사적 영역이다. 보는 것의 확신성에서 나아가 촉각에 근거한, 식물 청각에 관심을 두기 시작했다는 것은 식물 이해 영역을 확장시키는 것이기도 하지만 들뢰즈의 논의처럼 우리 실존이 가진 감응능력을 이해하는 데도 중요한 실마리를 제공한 것이다.

그가 소리 세계가 가진 고유성을 해명했던 것처럼 우리는 냄새 세계, 맛 세계, 그리고 나아가 촉감 세계에 대해 보다 깊이 사유해야만 한다. 왜냐면 우리 실존을 인식하기도 전에 벌써 거대 자본이 그런 감각을 통째로 지배하고 있으니 말이다.

불사의 생명체

겨울철 잎이 다 사라진 후에나 드러나 보이는 식물이 있다. 나무줄기 사이에 푸른 잎을 박고 사는 식물, 바로 겨우살이다. 겨우살이는 엽록소를 가진 잎을 갖고 있지만 그걸로는 부족해서 숙주에게서 물이나 양분을 일부 빼앗아 이용하는 반기생半寄生 식물이다. 겨우살이는 참나무류, 버드나무류, 팽나무, 밤나무, 자작나무와 같은 일부 활엽수에만 뿌리를 내리는데 상록수로는 동백나무가 유일하다. 하늘로 치솟은 나뭇가지에 붙어 자라는 성질이 있어 B.C. 5세기 유럽에 영향력을 행사한 켈트족도 이 식물을 성스럽게 여겼다. 켈트족 사제가 이 식물을 채집할 때는 그 영험한 기운이 흙에 닿아 손상되지 않도록 하얀 형겊으로 받았다고 한다.

겨우살이는 모든 식물이 죽은 듯한 계절에 꿋꿋이 살아가기에 식물의 파괴할 수 없는 생명력, 영원한 부활을 상징하는 걸로 여겨졌다. 겨우살이를 뜻하는 프랑스어인 'du gui'는 원래 켈트어에서 온 말로

참나무에 돋아난 겨우살이.

'모든 것을 치료한다' 는 뜻을 가지고 있다. 겨우살이는 특히 간질과 궤양 치료에 효과가 있고 불임으로 고생하는 여자나 짐승들의 임신을 돕는다. 이는 새가 먹고 씨앗을 배설한 자리에 겨우살이가 태어나는 것을 보고 죽은 사람들이 귀신이 되어 자유롭게 돌아다니다가 여자나 짐승의 암컷을 임신시키는 것이라고 여겼다고 한다. 씨앗에서 흘러나오는 즙이 정액같이 끈적끈적하여 이런 믿음을 낳았을 것이라 본다.

신대륙을 접수한 서구인들이 19세기 초반에 처음으로 미국 태평양 연안 로키산맥 경사면을 빼곡하게 덮고 있는 거대한 침엽수들을 발견했을 때, 식물학자는 물론이거니와 일반인들도 깜짝 놀랐다고 한다. 그 이전에는 나무들이 그 높이까지 자랄 수 있다는 사실은 전혀 상상할 수 없었던 것이었다. 황송, 제프리소나무, 캘리포니아 붉은 전나무들은 높이가 무려 60미터, 램버터소나무는 80미터, 더글러스는 90미터, 밴쿠버 전나무는 100미터까지도 자라 있었다. 50미터를 넘는 나무들조차 보기 어려운 유럽과는 아주 달랐던 것이다. 그중에서도 놀라운 나무는 세쾨이어인데 키가 100미터가 넘는 것도 있었고 가장 오래된 나무는 3,500년 정도로 확인되었다.

1920년대 베어진 세쾨이어는 높이 133미터, 나무 밑동이 지름 36미터짜리로, 무게가 2,000톤 정도가 나갔다고 한다. 동물로는 흰긴수염고래가 가장 크지만 고작 180톤에 불과하다 하니 11배 이상 차이가 난다. 수명으로 보자면 장수한다는 거북이가 200년 정도니 비교가 안 된다. 아프리카 세네갈에는 수령 6,000년 정도로 추정되는 거대한 바오밥나무가 자라고, 지구상 가장 나이가 많은 나무는 카나리아 제도에 사는 '용혈수'로 바론 폰 훔볼트(Baron von Humbolt)는 6000년이라 주장했지만, 현대 식물학자는 600년을 넘기기는 힘들다고 말한다. '세상에서 가장 오래된 나무'로 알려진, 미국 스네이크 산의 브리슬 콘 소나무는 생장추로 확인해 보니 4천9백 살이었다.

식물이 동물과는 달리 수명이 긴 이유는 그들은 한자리에서 움직 이지 않고 에너지를 가장 효율적으로 쓰기 때문이라고 한다. 동물은 이리 저리 움직여 다니며 많은 에너지를 극도로 낭비한다. 지금 오래 된 나무들이 흔치 않은 이유는 순전히 나무가 제 수명을 다할 때까지 살게 놔두지 않고, 나무를 베서 이익을 챙기려는 인간 때문이었다. 고 령의 나무가 일부 남을 수 있었던 것은 기독교 전파 이전부터 영원히 생명을 가진 신성한 나무로 숭배되었기 때문이다.

물론 숭배를 받던 나무들 중 상당수는 모든 이교도 흔적을 깡그리 없애려는 광적인 기독교 선교사들에 의해 가차없이 베어졌다. 살아남 은 나무들은 그 앞에 작은 예배당을 짓거나 기도소를 마련한 나무들 이었다. 우리나라 천주교 박해처럼 나무들도 개종을 한 덕에 겨우 목 숨을 구한 것이다. 새마을운동을 활발히 하던 박정희 정권 때 미신을 없앤다고 당산나무들을 많이 베어 없앴다.

거대한 생명체만 이런 불사의 생명을 가진 것은 아니다. 바위 절벽 에 붙어 자라는 양치식물인 바위손도 그런 식물에 속한다. 직접 경험 한 바로는 바위손을 채집하여 배낭에 넣어두고 깜빡 잊고 대략 3개월 만에 끄집어낸 적이 있었다. 손으로 만지니 줄기잎이 버석거리면서 가루처럼 떨어졌다. 혹시나 하는 생각에 물에 담가 두고 한 30분 후에 보니 그 줄기잎들이 다 녹색으로 살아났다. 얼마나 놀랐던지. 진시황이 이 흔한 바위손을 찾아보라고 동방의 나라까지 보낸 것은 아니겠지만 실제 바위손은 '불로초'라는 별명을 가지고 있다. 극한 환경에서는 잠시 생명활동을 정지하는 능력을 식물이 가지고 있다고 보면 되겠다. 묵묵히 기다리면서 때가 되면 부활하는 불사의 힘이다.

　세상 살기가 어렵다는 핑계로 자기 몸을 힘들게 하는 사람이 많다. 식물들은 우리에게 많은 것을 가르쳐준다. 〈100세 인생〉이라는 노래가 유행하는 시절에 수천 년 생명체, 불사의 생명체를 인간이 짐작한다는 것은 주제넘은 일일까?

병 주고 약 주는 식물의 약성

질병 역사가 오래된 만큼 약의 역사도 오래되었다. 우리나라 속담에 '까마귀똥도 약이라니까 물에 깔긴다' 라는 말이 있다. 이는 대단치 않던 물건도 약으로 요긴하게 쓰려면 구하기 힘들다는 말이다. 같은 뜻인 '개똥도 약에 쓰려면 없다' 처럼 옛날에는 약을 구하기가 얼마나 어려웠으면 이런 속담까지 생겼을까마는, 요즘은 좋은 약들이 넘쳐난다.

오늘날 산업재해나 교통사고, 기타 성인병으로 조기 사망한 것을 감안해도 평균 수명이 남자는 80.3년 정도이고 여자는 86.3년 정도이다. 지난 10년간 의료시장이 2배로 성장했다니 자본이 가장 눈독을 들이는 영역이기도 하다. 1910년 평균 수명이 고작 28세에 불과했다니 놀라운 변화지만 '수명 나이' 보다 '건강 나이' 로 보면 모든 것이 낙관적인 것은 아니다. 신토불이는 '사람들에게 흔하게 생기는 병이 풍토에 따라 다르다' 는 것으로도 증명된다. 열대지방에는 모기가 옮

갯버들. 버드나무 껍질에는 습한 풍토에서 자주 생기는 감기와 신경통을 치유하는 물질이 들어있다.

기는 열대성 전염병인 말라리아가 많다. 다행스러운 것은 말라리아에 특효약인 '키니네'라는 약용식물이 바로 열대지방에 자란다는 것이다.

영국은 안개가 많이 끼는 음습한 기후로 감기나 신경통을 앓는 사람이 많은데 주민들은 버드나무 껍질을 달여 먹어 열을 내리고 통증을 다스렸다. 18세기에 목사이자 약물학자이기도 했던 에드워드 스톤은 이 효능을 확인하기 위해 열이 나는 환자 50여 명에게 그 껍질을 달여 먹였더니 한 사람도 빠짐없이 열이 내리고 두통이 없어지는 것을 알았다. 이를 런던왕립자연연구개발협회에 '버드나무는 습한 곳에 잘 자라는데, 그와 같은 습한 지대에는 감기와 신경통이 많이 발생하는 사실을 보더라도 풍토병 치료약은 그 병이 발생하는 지역에 이미 주어지고 있다'고 보고하였다.

우리나라 민간요법으로도 곤장을 맞은 사람에게 오른 장독杖毒을 풀기 위해 물푸레나무 껍질을 달여 먹었다 한다. 곤장 치는 나무가 주로 물푸레나무였고 그 나무로 오른 독은 항상 그 독을 가지고도 멀쩡했던 물푸레나무만이 풀 수 있었다. 흔히 '병 주고 약 주고'하는 식으로 병이 생기는 곳에는 그 병을 고치는 약도 마련되어 있다는 것은 생각할수록 신기한 일이다.

어떤 약이든 오래 사용하면 약에 대한 내성이 생겨 약효가 처음보다 떨어지게 된다. 몸의 세포나 내장이 약에 대해 순응하기 때문인데 내성이 생기면 약을 늘려가야 하고 결국 중독이 된다. 기원전 1세기 '폰투스'라는 소아시아 나라가 있었다. '미트라다테스Mithradates'라는 국왕은 언제나 독살에 대한 경계를 게을리하지 않았는데 한 가지 묘안을 생각했다. 여러 가지 독약을 처음에는 아주 적은 양부터 시작하여 차츰 늘여 마침내 치사량의 독약이 몸속에 들어와도 죽지 않을 수 있는 내성이 생기게 하였다. 이 같은 방법으로 독약에 암살당하는 음모는 막을 수 있어 40년간 무사히 권좌를 지킬 수 있었다. 하지만 곧 로마와의 전쟁에서 패하게 되자, 잡혀서 죽느니 차라리 독약을 마시고 자결하려 하였으나 아무리 먹어도 죽지 않자 결국 자기 부하로 하여금 자기를 찌르게 하였다는 것이다. 이 '미트라다테스'는 내성을 얻는 방법으로 지금도 응용되고 있다 한다.

습관성이 강한 약을 마약, 대마초, 각성제, 환각제 등으로 분류하고 있지만 정도에 차이는 있어도 모든 약은 의존성을 지니고 있다. 약이 흔해지는 세상이라 약의 노예가 된 사람이 주변에 아주 많다. 우리 말에 '약을 너무 헤프게 쓰다가는 진짜 약을 써야 할 때 쓸 약이 없다'라는 말이 있듯이 수익을 목적으로 하는 의료, 제약회사에게 내 건강을 몽땅 의존하는 것은 위험한 생각이다. 약의 발달 중에서 가장 중요한 것이 병균을 죽이는 화학요법제의 개발이라는데 '항생물질'이 대표적이다. 어느 약학자는 항생물질을 원자폭탄에 비유했다. 우리 몸에 모든 균을 죽여 몸이 가진 면역성을 무너뜨려 평소에는 별 힘이 없던 균도 우리 몸을 무차별 공격할 수 있게 한다는 것이다. 항생물질 사용량은 우리나라가 유난히 많다는 것은 모두가 알고 있는 사실이다.

'플라시보 효과(가짜 약도 낫게 해줄 것이라는 믿음이 실제 치료에 도움)'로 심리작용이 건강에 미치는 주도적 역할을 오래전에 증명했다. 원시부족들이 병을 치료할 때 여러 종교의식과 아울러 약을 복용케 하는 것도 플라시보 효과를 더불어 노렸다는 해석이 가능하다. 인간 몸은 수십만 년 시간을 거쳐 지금 모습으로 진화해 왔기에 우리 몸은 생각보다 오묘하고 자체 방어력이 크다. 당장에 큰 효과를 보겠다는 일시 반란군 같은 특효약에 대한 의존성을 끊고, 자연회복력을 믿으며 맑은 공기와 물을, 정신적인 평화와 안정을 찾는 것이 건강에 대한 지름길이다. 거칠게 자란 자연의 기운 가득한 산나물이나 텃밭 채소로 지은 일상 먹거리가 건강을 지켜줄 것이라는 믿음이 필요하다.

식물이 가진 약성, 양보다는 질

효도에 얽힌 오래된 민담에는 구하기 힘든 약재를 구해 병환을 낫게 했다는 이야기가 많다. 한겨울에 빙판 호수에서 잉어를 구했다거나, 바위산 절벽에 자라는 약초를 위험을 무릅쓰고 캤다거나, 사슴이 약초를 물고 왔다는 등 여러 가지다.

영험한 약초가 자라는 곳은 사람 발길이 닿지 않는 깊은 골짜기이거나 바위절벽 등 척박한 조건이다. 식물은 어려운 외부 환경을 이겨내기 위해 다양한 물질을 분비한다. 자연 상태에서는 벌레의 자극으로부터 몸을 지키기 위한 화학물질을 만드는데 이것이 바로 사람에게 약성으로 된다. 자신을 공격하는 외부 적이 많을수록 어려운 조건에서 살려고 발버둥치는 과정에서 약성은 더욱 높아진다. 그래서 오래전부터 약성 좋은 고장은 자연 환경이 아주 척박하거나 깊은 숲을 가지고 있다.

인간은 병든 동물들이 하는 행동을 관찰하거나 직접 먹어보고 아

장뇌삼. 인삼은 뿌리가 사람 모양을 닮을수록 그 값어치가 높게 매겨졌다.

파서 죽을 고비를 넘기면서 식물의 약 성분을 알아냈다. 특이한 모양을 가지고 있으면 모양에 빗대어 약효를 짐작하기도 했다. 마는 모양도, 즙의 빛깔도 남성 정력을 높이는 것으로 여겨졌다. 쇠무릎은 줄기마다가 흡사 소 무릎처럼 불룩하게 보여 관절을 치료하는 약으로 활용되었다. 특히 인삼은 사람 모습을 닮아, 사람에게 좋은 성분을 많이 가지고 있을 것이라 여겨졌다. 이런 비과학적 추측은 우리에게만 있었던 게 아니었다. 중세 유럽에서는 가지과의 맨드레이크mandrake라는 식물이 뿌리에 살집이 있고 세로로 갈라지면 뒤틀린 사람의 몸을 닮았다 해서 최음제로 이용되었다. 갈라지지 않은 것은 남근과 유사하여 강정제로도 활용되었다. 이런 생각을 '공감주술共感呪術'이라고 한다.

약초에 대한 속설들은 오랜 세월을 통해 축적되어 온 것이다. 현대 약학의 많은 부분이 식물에서 자연적으로 흘러나온, 전승되어 온 지식에 토대를 두고 있다는 것을 보면 확실히 식물은 신약의 원천이다.

가까운 생활공간에서 병에 대한 처방을 구해서 내려온 것이 민간요법이다. 조선시대의 한약재는 중국을 넘나드는 이가 구해 오는 것이어서 일반인은 처방을 꿈꿀 수도 없었던 비싼 약재였다. 그래서 우리의 옛 어른들은 스스로 약초꾼이 되어야 했다.

허준의 『동의보감』은 병에 시달리는 백성을 위해 쉽게 '한 가지 식물로 한 가지 병'을 치료하게 만든 책이었다. 허준이 『동의보감』을 쓴 목적은 글머리에 잘 나와 있다.

우리 소경대왕(선조)께서는 자신의 병을 다스리는 방법으로 뭇사람을 구제하는 어진 마음을 베푸는 데에 미루어서 의학에 마음을 두고 백성의 고통을 불쌍히 여기셨다. 일찍이 병신년(1596, 선조 29)에 태의 허준을 불러 다음과 같이 하교하셨다.

"근래 중국의 의약서를 보니 모두 대충 뽑아 엮은 것들이라 평범하고 자질구레하여 볼만한 것이 없다. 그대가 여러 의약서를 두루 모아 하나의 책을 편집하도록 하라. 그리고 사람의 질병은 모두 조섭을 잘하지 못한 데서 생기니, 몸을 닦고 기르는 것이 먼저이고 약물과 침은 그 다음이다. 여러 의약서는 매우 방대하고 번잡하니 요점을 골라내는 데 힘써야 한다. 궁벽진 시골 마을에는 의술과 약이 없어 요절하는 사람이 많다. 우리나라에는 토산 약품이 많이 생산되는데도 사람들이 알지 못하니, 그대는 약초를 분류하면서 토산 약품의 이름까지 함께 적어 백성들이 쉽게 알 수 있도록 하라."

지금처럼 아프면 병원, 의원에 가서 치료하는 사후약방문이 아니라 예방의학의 관점에서 건강의 중요성을 말하고 있다. 임진왜란 중에 하교가 내려졌다고 하니 국가 의료체계의 혼란 속에서 백성들에게 자구책을 찾으라는 긴급한 필요에 의한 것이라고도 볼 수 있다.

오래전부터 현명한 여성의 조건은 나물과 약초에 대한 지식을 풍부하게 가지는 것이었다. 아내이자 어머니인 여성에게 나물 채집을 위해 독초와 약초를 구분하는 것은 상식이었다. 그 지식은 대물림되어 현재까지 이어지고 있다. 제도권 기득층 사람들은 약초 전문가들이 직업군을 만드는 것을 싫어하는 경향이 있다. 영국에도 1512년 일찍이 영국 의회가 '수많은 무지한 사람들'이 의술과 수술을 업으로 삼는 것을 막기 위해 법을 제정했다. 중세시대에는 교회가 그런 사람들을 '마녀'나 '교활한 인간'으로 몰아 박해한 경우도 흔했다.

식물을 이용한 처방 지식들이 SNS에 넘쳐나는 것을 볼 때 아직도 민간 지식에 의지해 몸을 다스리는 이가 많다는 것을 짐작할 수 있다. 다행스럽다는 생각이 들다가도 그 많은 사람이 자연 속에서 약초를 구하려 한다니 걱정도 생긴다. 요사이 산채도 재배를 하나 채소를 고를 때 크기보다는 작아도 자연의 기가 넘치는 것을 우선으로 보는 자세가 중요하다. 자연의 기가 넘치는 식물은 맛과 향기가 아주 강하다. 인공으로 영양제를 많이 주어 덩치만 키운 식물보다 사람에게 유익하다. 병이 오기 전에 예방의학의 관점에서 양생법을 잘 이어가는 지혜로움이 필요하다.

태양광발전은 식물광합성의 아류

동물이 식물보다 몸 구조가 복잡한 것은 먹이를 먹어야 한다는 데 있다. 그래서 동물은 여러 가지 목적으로 이동을 운명처럼 살아간다. 입이 있어야 하고, 소화를 시키고, 그 영양분을 흡수해야 하고, 나머지는 배설을 해야 한다. 또 다른 이유는 살기 적당한 공간을 찾기 위한 것이다. 빙하기 등 환경이 급변할 때 이동을 천천히 하는 식물은 대부분 멸종하고 말았다. 요행히 살아남은 종들은 다시 폭발적인 성장과 진화를 이뤄 지금까지 살아왔고, 이런 대멸종은 지구 역사상 5번이나 반복되었다.

동물이 이동하는 또 다른 이유는 짝짓기를 위해서다. 결혼을 위한 안정된 직장을 위해, 처녀를 만나러 도시로 올라오는 농촌 총각 모습은 오래전 영화 단골소재였다. 동물은 이처럼 적당한 먹이와 살아갈 만한 자연환경, 짝짓기를 위해 이동한다고 볼 수 있다. 이동에 합당한 몸 구조가 필요했던 동물은, 식물처럼 방사형으로 자라는 것이 아니

식물의 광합성은 태양광을 이용해 독립영양체로 살아가는 최고 효율의 방식이다.

라 방향성(앞과 뒤)을 지니게 되었다. 좌우 대칭 구조를 가진 것도 이동이 낳은 결과였다. 어느 방향이든, 포식자든, 외부 위험으로부터 언제나 피할 수 있는 몸 구조를 만들게 되었던 것이다.

식물 구조는 동물에 비하면 아주 단순하다. 잎과 줄기, 뿌리. 때가 되면 후손을 남기느라 꽃이 핀다. 하지만 다양한 자연환경에 적응하느라 수많은 변형이 있다. 식물 구조가 이렇게 단순한 것은 초식동물로부터 먹힌 부분을 빨리 재생시키기 위함이기도 하지만 광합성을 할 수 있다는 데에 있다. 햇빛만 들어오면 살아갈 수 있다는 것인데, 미세한 빛도 넓은 잎으로 모아서 살아가는 실내 관엽식물만 봐도 그 햇빛 스펙트럼은 생각보다 넓다. 음수, 반음수, 양수, 극양수는 있어도 극음수라는 표현이 없는 것만 해도 이 햇빛이 얼마나 식물 생존에 결정적인지 알 수 있다.

식물은 붙박이 생활을 하는지라 온도가 가장 큰 스트레스다. 그 다음으로 큰 결정인자는 햇빛이다. 식물에게 햇빛은 매일 먹는 음식에 해당하기 때문이다. 식물은 충분한 햇빛을 접해야 건강하게 자랄 수 있는데, 햇빛은 광합성을 위한 에너지 근원이자 식물체 온도 조절과 식물 형태를 유지하는 데도 반드시 필요한 것이었다.

하지만 햇빛만 있어서 되는 일은 아니다. 태양만 있다면 열기가 너무 뜨거워 동식물이 다 죽고 만다. 다행히 비를 뿌려주는 구름과 태양과 대지의 협력 작용이 생명에 필요한 습기를 공급해 준다. 식물 뿌리는 아래로 뻗어 있는데, 더 깊이 뿌리를 내릴수록 더 많은 습기를 빨아올린다. 식물이 수압을 이용해 물을 빨아들이는 작용은 햇빛이 있는 시간대만 아니라 하루 24시간 동안 계속된다. 기공이 닫히는 밤이 되면 나무와 뿌리 깊은 식물은 빨아올린 물을 지표면에 일시 저장한다. 이 중 일부는 다음 날 증발되고, 많은 양이 근처 이웃 식물들의 주요 급수원이 된다. 식물끼리 협력하는, 우리가 다 알지 못하는 공생의 원리가 많다.

위도가 높은 지역이나 응달처럼 빛이 약한 곳의 식물들은 어떻게 사는 걸까? 사람으로 치면 '극도로 제한된 식사'를 하는 것에 비유될 수 있다. 식물 적응력은 동물에 비하면 상상을 초월할 정도로 탁월하다. 약한 빛을 감수하며 살아가는 식물들은 비록 생장속도는 떨어지겠지만 생리적인 갖가지 적응 방안을 마련하고 있다. 먼저 호흡률을 낮추어 호흡으로 손실되는 에너지를 최소화하고 대체로 크고 얇은 잎으로 가급적 많은 빛을 받아 광합성에 활용한다. 빛이 적은 환경에서는 광합성 효율을 높일 수 있도록 단위면적당 엽록체 수를 증가시키는 적응 능력을 내부적으로 개발하기도 한다.

어떤 식물은 좋아하는 햇빛량보다 훨씬 더 밝은 빛에 노출되기도 하는데, 지나치게 밝은 빛에 노출되면 식물은 스트레스를 받는다. 강한 빛에 노출되면 일부 잎이 타들어 가기도 하면서 점차 적응해 나간다.

상용화하는 태양전지는 식물광합성과 많이 닮아 있다. 태양열을 이용하여 터빈을 회전시키는 데 필요한 증기를 발생시키는 장치가 태양열 분야이고, 반도체의 성질을 이용하여 태양빛을 전기에너지로 변환시키는 장치가 태양광 분야이다. 태양광 전지의 작동원리는 전기에너지를 빛에너지로 변환시키는 발광 다이오드(LED)의 거꾸로 원리다.

식물은 햇빛을 이용하는 일을 수억 년 전부터 해오고 있다. 참 늦게도 인간은 이제야 태양에너지를 이용한다고 자랑하지만 식물의 정교한 광합성 원리에 비한다면 걸음마 수준일 것이다. 인간문명의 판도라 상자는 오랜 식물체 광합성을 새롭게 보고 모방하는 것이어야 하는데 '핵분열'이라는 기계적이고 해체주의적 오만에 빠진 지식 바벨탑을 쌓고야 말았다.

식물은 각자 하나하나가 진화상으로 완성된 악기다. 우리는 악기 연주법을 배운 것이 아니라 이 악기를 해체하고, 그 줄과 소리판을 설명하느라 평생을 바치며 살아왔다. 식물광합성으로 풍요롭게 울리던 생명 넘치는 웅장한 오케스트라로부터 점차 멀어져 가고 있는 것이다.

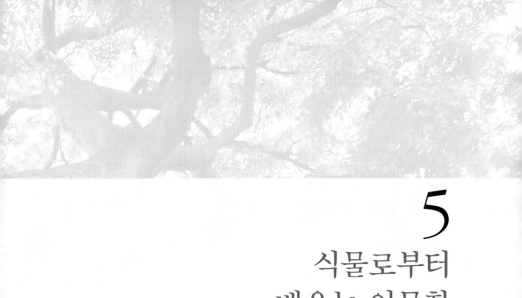

5

식물로부터
배우는 인문학

수많은 상징체인 '꽃'

진화의 법칙이든 신의 창조물이든 자연 최고의 작품은 꽃이라고 한다. 그 빛깔과 다채로운 모양, 특유의 향기는 자연 역사가 만든 최고의 걸작품임에 틀림없다.

추운 겨울날 매화가 얼지 않게 잘 간직하다가 긴 겨울을 먼저 깨트리고 남보다 이른 꽃향기를 맞이하려는 바람은 선비들이 꿈꾼 격조있는 삶이었다.

매천梅泉 황현은 "꽃은 천 번을 봐도 싫증이 나지 않는다."고 했고 헤르만 헤세는 "빛이, 바람이, 나비가 맴돌며 구애한다.… 이제 그것은 활짝 웃는다, 형형색색으로 불타오른다, 줄기에 금빛 먼지가 인다."(꽃의 생애)며 꽃이 가진 아름다움을 찬미했다.

구석기 시대 두루봉 동굴에 살았던 선사인들이 죽은 가족을 위해 이용한 진달래꽃부터, 아니 더 오래전부터 우리 인간 사회의 '아름다움'의 상징은 꽃이었다. 아름다운 물건이나 사람의 이름에 화花를 붙

작약꽃. 예로부터 모란과 작약은 부귀영화의 상징으로 뜰 안에 많이 심었다. 부인병에 약재로 쓰기도 한다.

이는 경우도 많다.

꽃은 요람에서 무덤까지 사람들이 치르는 경조사에 빠지지 않는 상징이 되었다. 지금도 개업하는 가게 앞에는 화환과 꽃 화분이, 그리고 진급 시에는 난 화분이 줄을 잇는다.

진도아리랑은 '꽃 본 듯이 날 좀 보소'라 노래했는데 동지섣달에 꽃 보는 것만큼 더 반갑고 눈이 자주 가는 것이 있을까 싶다. 조선시대 단원은 요행히 그림을 팔아 돈이 생기자 동무들과 술을 한잔 하고 어려운 집안 형편에도 불구하고 매화난부터 하나를 사서 겨울 동무를 삼는다. 겨울이 지리할 만큼 길다가 날이 조금 풀릴 양 싶으면 꽃집으로 몰리는 사람들의 마음이 다 그러할 것이다.

언제나 같이 있을 수 있는 존재로 이제 식물은 '반려식물'이라는 지위까지 획득하게 된다. 조금만 신경 쓰면 동물보다 더 묵묵히 같이 할 수 있는 존재로, 짐짓 꾸며 애쓰지 않아도 그냥 내 곁을 지켜주는 도반처럼 묵묵하고 믿음이 간다.

꽃은 꽃마다 피는 계절이나 색채, 형태, 성질 등에 따라 개별적으로 역사적으로 누적된 상징이 있다. 꽃은 자신이 가진 아름다움으로 상징 의미를 발전시켜 풍요와 번성, 그리고 더 나아가 존경과 기원의 의미도 담게 했다. 흔히 '꽃이 피었다'는 표현은 어린 사람이 이제 젊음을 한창 구가하는 때뿐만 아니라 사람의 성공과 번성을 말하기도 한다.

신라 금관 장식에는 잎새와 열매가 주렁주렁 풍성하게 달려 있다. 잎이 무성하고 꽃이 풍성하게 핀다는 것은 바로 풍요로움의 상징이면서 이는 백성을 배부르게 하려는 임금의 염원이기도 하지 않았을까?

신에게 꽃을 바치는 행위는 생명력이 넘치는 가장 절정의 순간에 피는 고귀한 꽃을 바침으로써 순수하고 정성 어린 마음을 바치는 것과 동일하게 보았다. 사랑하는 이에게 꽃을 바치는 행위도 사랑을 얻기 위해 가장 고결하고 순수한 자신의 마음을 내는 과정이고 그 꽃을 받으면 사랑이 받아들여지는 징표로 삼았다.

지금으로 치면 팜므파탈에 해당하는 카르멘은 언제나 붉은 장미를 준비하는 치밀함으로 이성을 유혹한다. 하지만 호세처럼 유혹에 빠져들면 카르멘의 사랑이 식는 비극은 시작된다.

붉은 장미꽃은 사랑 중에서도 육체적 사랑을 상징한다. 언제나 붉은색은 화려하고 요염한 꽃의 상징이다. 꽃은 아름다움의 결정체이고 그러기에 아름다운 꽃은 유혹이 강해 정신이 몽롱해진다. 서양의 꽃말은 조금 길고 아주 구체적이다. 같은 장미라 하더라도 그 색에 따라 의미가 달라진다. 이에 비해 동양의 꽃말은 짧고 추상적이다.

또 꽃은 미인과 여인을 상징하기도 한다. 삼국유사에 나오는 신분이 없는 민가에서 태어난 도화랑桃花娘, 마동이와 사랑의 짝인 선화공주善花公主, 또 파로波路의 딸로 소지왕의 후궁이 된 벽화碧花, 몸에서 향이 났다는 절세미인 김정란金井蘭 이야기를 삼국사기는 전한다. 또 동명왕 편에 나오는 유화柳花, 선화善花는 어떤가?

우리 야생초들은 많은 이야기를 품고 있다. 순이 나고 자라서 꽃봉오리가 맺혀 씨앗을 품고 그다음은 소멸해 간다. 이런 생명체를 지켜본 사람들이 자연스레 생로병사를 가진 자신의 삶과 연결지어 생각했다. 하지만 식물이 인간 삶과 다른 점은 바로 재생과 영생이었다. 꽃 피고 씨앗을 맺은 작물은 올해 핀 식물과는 다른 개체였지만 사람 눈에는 같은 걸로 보였고 숙근초로 말라 죽은 식물이 이듬해 다시 순이 올라오는 것은 신기한 일이었다. 그중 가장 영생의 생명체로 여겨진 것은 나무였다.

우리 선조들은 식물에도 품계를 두어 유교적 윤리관을 투영했다. 화암수록의 〈화목구등품제〉에는 나무와 풀을 9등급으로 나누고 붉은색 꽃들은 주로 5~6등급의 속하는 품계를 받았다. 화려하고 붉은 꽃은 '상지喪志를 한다' 며 멀리하는 색이었다. 지志는 자기의 처지나 생각을 지키고 내세우는 '줏대' 에 가까운 말일 것이다. 설총이 지어 올렸다는 화왕계에도 붉은 장미는 임금으로 하여금 할미꽃 충신의 말을 듣지 않고 정사를 그르치게 만드는 꽃이었다. 지금은 개인주의 경쟁주의 시대로 되어 어울림보다는 드러내기를 좋아하는 붉은색이 더 인기를 누린다. 시대에 따라 좋아하는 색은 달라졌지만 선조들의 윤리관을 한 번은 생각해 볼 만하다.

하지만 백성들의 삶에 있어서는 꽃이 가진 아름다움보다는 기능과 실속이 더 중요했다. '꽃은 목화가 제일이다' 라는 속담은 겉모양은 보잘것없어도 쓸모가 큰 목화가 꽃 중에서 가장 좋다는 뜻으로, 겉치레보다는 실속이 중요함을 비유적으로 이르는 말이다. 추운 겨울 짐승의 가죽털로 아니면 삼베와 모시로 겨울을 나던 백성들에게 고려 말에 들어온 목화는 목숨 같은 식물이었다.

자생식물은 우리 스스로 풍요롭게 누려야 할 원예조경의 자산이다. 또한 우리나라 자생식물이 품은 세상은 우리 민속, 생활 문화, 먹을거리, 민간의학 등을 다 포용하는 세상이니 스토리텔링의 보고이기도 하다. 우리 자생식물을 매개로 한 무형의 자산은 미래 세대에도 전승되어야 할 가치이다.

이팝나무 노거수는 기상청 슈퍼컴퓨터보다 낫다

　　오랫동안 자라 큰 그늘을 만든 노거수는 존재만으로 우러러보게 만든다. 나무는 사람에 비할 수 없는 크기로 자라나는 큰 존재이면서 생명력이 긴 존재, 나이가 들어도 여전히 이팔청춘처럼 환하게 꽃을 피우기에 경외심을 가지지 않을 수 없다.

　　사람은 나이가 들면 기력이 떨어지고 더 이상 자식(씨앗)을 만들 수 없으며 허리가 굽어져 오히려 키가 줄어들기까지 한다. 나무는 겨울에 죽은 것처럼 보이다가 봄이 되면 다시 새순이 돋고 꽃이 피고 열매를 맺는다. 나무를 지켜본 사람들이 그 경이로움에 찬탄하는 것은 자연스러운 일이다.

　　언제 씨를 뿌리고 모내기를 해야 할지가 중요한 농경시대에는 기후 변화에 민감할 수밖에 없었다. 농협 달력을 보면 아직 여러 작물의 경작 시기를 표시해 놓고 있다. 오늘날에는 조생종, 만생종 등 품종도 많아져 복잡해졌지만 예전에는 큰 나무에 싹이 트거나 꽃 피는 것을

초파일을 앞두고 홍해 이팝나무가 환하게 꽃을 피웠다.

보고 그 시기를 판단했다. 농사 시기를 알아채는 기준으로 삼은 나무를 농언목農諺木이라 한다.

예를 들면 '목련꽃이 피면 못자리를 시작하고 꽃이 지면 파종해야 한다. 살구꽃이 필 무렵이면 작물을 파종해야 하고, 창포 잎이 나면 밭을 갈기 시작해야 한다' 등등이 있다.

기상예보를 하는 수목을 흔히 지표목指標木이라 불렀는데 매화꽃, 생강나무꽃, 이팝나무꽃, 산나리꽃 등이 많이 피면 풍년이 든다고 믿었다. '감나무 헛꽃이 많으면 그해는 비가 많다. 감나무 잎이 빨리 떨어지면 눈이 빨리 오고, 감나무 잎이 뒤집혀서 떨어지는 것이 많으면 눈이 많이 내릴 징조다. 감잎이 일찍 물들면 풍년이 오고 첫눈이 빨리 내리고 눈도 많이 올 것이다' 등의 지표도 있다. 감나무는 어느 집에나 한 그루씩 심었던 나무라 세세한 징표를 많이 가진 것이리라.

포항 흥해에는 우리나라 최대 이팝나무 군락지가 있다. 흥해 향교 뒷산에 수백 년 묵은 이팝나무들이 군데군데 자라고 있는데 근처에 절이 있어 때를 잘 맞춰 가면 연등과 어울린 이팝나무 꽃들이 절묘한 조화를 이루는 풍경을 볼 수 있다. 도심의 작은 가로수만 보다가 수백 년 된 이팝나무 뭉게구름 같은 꽃덩이를 바라보면 그 압도하는 풍경에 와! 하는 탄성이 절로 나온다.

예전에는 이때가 되면 주변 농사꾼들이 구름처럼 몰려 농사 풍·흉년을 점쳤다고 한다. 아무래도 큰 나무는 오랜 연령으로 인한 노련함으로 꽃 피는 시기를 쉽게 결정하지 않는다는 믿음이 있었다. 기상청 어떤 슈퍼컴퓨터보다 더 오랜 기후 자료를 그 생명력으로 삼아 지금까지 이어온 존재이니, 꽃 피는 것으로 모내는 시기를 결정하는 것은 기후 변화가 심한 지금도 유용할 것이다. 지금도 왕벚나무나 개나리, 진달래 개화 시기가 계절 변화 기상예보로 나오는 것을 보면 예나 지금이나 변화된 기후를 식물들 개화 시기로 판단하는 것은 꽤나 과학적이고 정확한 것이다.

화려한 꽃인 왕벚나무 일색이다가 요즘에는 이팝나무 가로수가 점차 늘어나는데 반가운 일이다. 왕벚나무보다 개화 기간도 두 배 이상 길고 그 수수한 아름다움 때문에 눈도 즐겁다. 영어로는 Snow flowering, Fringe tree라고 부른다. Fringe는 '어깨에 걸치는 숄 가장자리를 꾸미는 술'을 말하는 것이니 그 희고도 풍성한 느낌이 잘 표현되어 있다.

우리 조상들은 이 나무에서 쌀밥(이밥)을 연상했던 모양이다. 묵은 곡식은 다 떨어지고 보리는 미처 여물지 않아서 끼니 걱정을 해야 하는 가장 어려운 시기인 보릿고개, 이때 이 꽃이 뭉글뭉글하게 핀 것을 쾡한 눈으로 보면 고봉으로 가득 담은 흰 쌀밥으로 비쳐졌을 것이다.

이 시기는 나물이나 소나무 속껍질, 느릅나무 이파리 등에 곡식을 갈아 떡이나 죽을 만들어 겨우 목숨을 이어갔던 철이다. 아이들은 덜 익은 보리를 서리해 구워 먹으며 빈속을 채웠으니, 허연 이팝나무 꽃은 굶주린 이들에겐 풍년과 희망의 상징이 된 것이다. 입하入夏철에 꽃이 펴서 이팝나무가 되었다는 주장도 있긴 하지만 이밥에서 이팝나무가 나왔다는 말이 훨씬 정겹다.

나무 중에서도 유난히 순을 늦게 내는 나무들도 있다. 모감주나무나 대추나무 등이다. 대추나무는 여름철이 되어야 잎이 나오는 속성으로 '신중한 나무'라 불렸다. 대추나무 꽃이 피면 모내기를 서둘러야 하고, 자귀나무 꽃이 피면 팥을 뿌릴 시기라고 보았다.

모감주나무는 그 순이 늦게 돋는 느긋함으로 '선비수'라는 이름을 얻었다. 중국 주나라의 예법에 의하면 지위에 따라 묘에 심는 나무들을 따로 정했다 한다. 왕이 죽으면 소나무를 심고 왕족이 죽으면 편백나무를 심고 학자나 선비가 죽은 곳에는 모감주나무를 심었다. 모감주나무같이 깊이 생각하고 신중히 움직이는 처신을 선비에 빗댄 것이라 본다.

일반 민초들이 죽은 자리에는 사시나무를 심었다고 한다. 죽어서도 왕과 왕족의 권위 앞에서 '사시나무 떨 듯' 이파리를 벌벌 떨라는 것이었다. 백성들이 들고 일어나는 것은 최고 권력자도 언제나 경계하고 두려워했다.

이팝나무 흰 꽃이 흐드러지게 피는 어느 밤. 그 향기가 잔잔한 나무 아래서 막걸리 몇 잔을 마신 적이 있다. 소설가 김동리는 세상에 아름다운 것이 '첫째는 꽃이요, 둘째는 소녀요. 셋째는 달'이라고 했다. 소녀는 없었지만 꽃과 달이 함께 있는 행복한 날이었다.

'오동'이라 불리던 나무들

　세상에서 가장 빨리 자라는 나무는 뭘까? 지금 막 땅을 뚫고 뻗어 나오는 죽순이 있으니 대나무가 가장 빠른 나무일까? 대나무를 제외하면 그 반열에 들어갈 수 있는 나무가 오동나무다.

　1년 동안 줄기가 거의 4~5미터까지 자라고 10년 정도면 재목으로 쓸 수 있다고 하니 그 성장 속도가 놀랍다. 그만큼 기름진 흙과 물이 필요한 나무이다. 딸이 태어나면 시집갈 때 쓸 가구를 만들기 위해 오동나무를 심었던 것은 잘 알려진 풍습이다. 가볍고 습기에 강한 나무이기에 가구재로 안성맞춤이었던 것이다. 오동나무를 재목으로 쓰려면 지름이 최소 50센티미터는 넘어야 한다고 하니 시집갈 나이가 되면 그 정도 자란다고 보면 된다.

　전통 목가구는 대부분 무늬를 살리지만 오동나무는 성장이 빠른 탓에 나이테가 불분명해 가구로 만들면 담백하고 고졸한 맛이 있다. 이것이 선비들 취향에 잘 맞았고, 그래서 선비들이 쓰는 사방탁자나

'의동'이라 불렸던 이나무. 붉은 열매가 겨울 내내 아름답다.

책장, 서류함 등 대부분은 오동나무로 만들었다. 또 오동나무에는 좀벌레가 슬지 않는 성분이 들어 있어 귀한 서책이나 족보책은 반드시 오동나무함에 보관했다. 공기층이 많은 성긴 조직이 충격을 막아주니 깨지기 쉬운 혼수 예물이나 귀한 도자기도 반드시 오동나무 상자에 보관했다. 빨리 성장하고 쓰임새 많은 오동나무를 오래전부터 중요하게 여기게 된 이유가 여기에 있다.

오동이라 불리는 나무도 여러 종류가 있다. 잎이 크고 성장이 빠른 여러 나무를 그냥 '오동'이라고 불렀기 때문이다. 가지가 바큇살처럼 돌려나고 겨울철 붉은 열매가 좋은 이나무는 '의동椅桐'이라고도 불렀다. 중국에서는 금슬琴瑟(거문고와 비파)을 만드는 나무로 유명하다. 『시경』「대아」편에 "봉황이 높은 산등성이에서 우네. 오동나무가 산 동쪽에서 자라네."라는 구절이 있는데 여기서 말하는 오동나무는 껍질이 녹색인 벽오동나무를 말한다. 전설 속의 새 봉황새는 대나무 열매와 벽오동나무 열매만 먹는다고 알려져 왔다. 대나무숲이 있는 근방에 벽오동나무를 같이 심으면 스토리텔링 조경의 격이 높아진다.

잎을 부비면 강한 누린내가 나는 누리장나무도 잎이 넓어 취오동이라 불렸는데 뒷간 입구에 심어 악취를 중화시키는 용도로 활용하였다. 후각세포를 마비시켜 악취를 아예 맡지 못하게 한다. 강한 향취를 빼는 갈무리를 잘하면 나물로도 아주 독특한 맛이 난다.

이 밖에도 인산 김일훈金一勳(1909~1992)의 『신약본초』에는 간염, 간경화증, 간암에 쓴다는 '노나무'가 나온다. 이 나무는 중국 원산의 개오동나무였다. 개오동나무는 향기도 좋고 특히 벼락을 맞지 않는 나무라고 집에 즐겨 심었다. 물에 강한 성질이 있어 나막신 재료로 개오 동나무를 쓰면 썩지 않고 오래 갔다고 하는데, 미국에서 들여온 꽃개 오동과는 좀 다르다.

꽃개오동은 북아메리카가 원산지인데 개오동나무와는 달리 꽃잎 에 짙은 자갈색 얼룩 줄무늬가 많아 예쁘다. 관상수로 심는 꽃개오동 은 양오동 혹은 향기가 좋아 향오동이라고도 하는데, 열매가 콩꼬투 리처럼 길다고 해서 노끈나무라고도 불린다. 미국에서는 질 좋은 꿀 이 많이 나와 밀원식물로도 많이 심는다고 한다.

위에서 말한 오동나무들은 같은 '오동' 이라 불렸어도 과科가 전혀 다르다. 오동나무는 현삼과에 속하고 우리나라에는 오동나무와 참오 동나무 두 가지뿐이다. 중국에서 들여온 벽오동나무는 별도의 벽오동 과에 속하며 개오동나무는 능소화과에 속하는 전혀 다른 나무인 것이 다.

화투장이 일본 풍습을 담고 있다는 것은 알고 있지만 11월 '똥' 의 이파리 문양이 오동잎이란 것은 잘 모른다. 오동잎은 일본 막부시대 일왕보다도 더 막강한 힘을 갖고 있었던 막부의 쇼군을 상징하는 문 양이며 지금도 일본 정부나 국공립학교를 상징하는 문양으로 사용되 고 있다. 심지어 일본 화폐 500엔(¥)짜리 주화에도 오동잎이 도안으 로 들어가 있을 정도다. 그리고 똥광에 닭모가지와 비슷한 새는, 막부 최고 권력자인 쇼군의 품격과 지위를 상징하는 봉황새를 그린 것이 다. 짧은 시간에 빨리 자라고, 잎이 가장 큰 오동나무에 최고 권력의 상징을 부여했던 것이다. 일상의 놀이인 화투에 생각보다 많은 일본

문화와 풍습이 녹아들어 있다.

오동나무에 얽힌 역사적 사건이 있는데 바로 기묘사화다. 조선시대 중종 때 벌레 먹은 오동잎 한 장 때문에 간신배들의 모함을 받아 죽임을 당한 개혁정치가 조광조에 얽힌 사건이다. 훈구파 사주를 받은 한 궁녀가 궁궐 나뭇잎을 중종에게 바치게 되는데 그 오동잎에 벌레가 파먹은 글씨가 바로 '조씨가 왕이 된다' 는 주초위왕走肖爲王이었다. 이 사건으로 중종은 조광조를 중심으로 한 사림세력에 대한 평소 불만과 조광조에 대한 의심이 겹쳐 이를 명분으로 조광조를 비롯한 사림세력을 숙청하기 시작한다. 오동나무는 이렇듯 기득권을 지닌 훈구파에 대한 개혁을 좌절시켰던, 개혁정치가를 모함으로 빠트린 나무기도 했다. 붓에 단맛을 찍어 오동잎에 글을 쓰면, 그 글씨대로 벌레가 파먹는다고 하는데 오동나무에 살충 성분이 있어 가능한 일인지, 꾸며 낸 이야기인지 알 수는 없다.

가야금이나 거문고를 만들려면 나무의 지름이 1미터 정도는 되어야 한다고 하니, 나이를 먹어야 조직이 치밀해지고 깊은 소리를 내는 것이 가능한데, 오동나무는 후손 대로 내려가면 갈수록 재질이 더 좋아지는 나무다. 나무를 베면 밑둥치에서 다시 맹아가 돋아나고 그 나무가 자라면 재질이 더 좋아진다고 한다. 그래서 뿌리를 잘라 꺾꽂이를 하거나 씨앗으로 키워 1년 자라면 밑동을 자르고 하는 일을 서너 번 하면 속이 꽉 차게 된다고 한다. 오동나무처럼 우리 후세대들도 대를 더할수록 그리 되면 얼마나 좋을까 싶다.

가시가 있는 나무

요즘은 거의 사라졌지만 예전에 흔하게 보던 것이 탱자나무였다. 과수원에서 아이들 서리나 도둑질을 막기 위한 별다른 재료가 없던 시기에 쉽게 만들 수 있는 것이 탱자나무 울타리였다. 땅의 경계를 나누고 사생활을 보호하는 데 오래전부터 활용해 왔다. 장미 가시와는 달리 줄기가 변한 것이라 아주 단단하고 가시에 찔리면 한동안 욱신욱신한 고통이 따른다.

강화도에는 400년, 500년 된 탱자나무가 남아 있다. 이는 몽고 침입 때 28년간 머물렀던 고려 고종 임금이나 병자호란 때 인조 임금이 청나라 군사를 피해 전란 속에서 성을 쌓고 그 밑에 탱자나무를 심었던 것이라고 하니 나라를 지킨 역할도 했다.

가시가 있는 식물로 나라를 구한 풀도 있다. 무덤 주변 햇빛 좋은 곳에 잘 자라는 엉겅퀴다. 옛날 스코틀랜드에 덴마크 군대가 쳐들어왔는데 덴마크군은 스코틀랜드군보다 훨씬 강하고 병사도 많았다. 침

지금은 보기 드물지만, 탱자나무는 경계를 짓는 울타리 구실을 했다.

략을 당한 스코틀랜드는 차례차례 국토를 빼앗겨 겨우 성 하나가 남게 되었는데 그 성을 빼앗기면 덴마크군이 전쟁에서 승리하게 되는 절체절명의 순간이었다. 그 성은 산 위에 있었기에 야음을 틈타 접근했다. 말 대신 덴마크 병사들이 직접 대포와 포탄을 조심스레 날라야 했다. 발자국 소리마저 숨기기 위해 병사들은 신발마저 벗었다. 하지만 성 가까이에 있던 무성한 엉겅퀴를 밟자 엉겅퀴 가시가 발을 파고들었다. 아픔과 놀람으로 지른 한마디 비명으로 바로 발각된 덴마크군은 전투에서 패배했다. 위기에 처한 나라를 구한 이 고마움을 잊지 않고 기억하기 위해 엉겅퀴는 스코틀랜드 국화國花가 되었다. 꽃은 그다지 볼품없지만 엉겅퀴를 볼 때마다 그 역사를 되새길 것이다.

농가 대문 옆에는 음나무를 심은 집이 아주 많다. 순은 '개두릅'이라 하며 인기 좋은 나물이기도 했지만 가시가 가진 주술적 효능에 더 큰 의미를 부여했다. 방문 앞에 음나무 가지를 X 자 형태로 묶어 걸어두어 부적 같은 역할을 했다. 치료 기술이 낮았던 시절에는 마마(천연두)나 염병(장질부사) 같은 돌림병이 생기면 마을 전체가 희생당하는 경우도 많았다. 병의 원인을 몰랐으므로 귀신의 저주를 받은 걸로 생각하고 가시 돋친 가지가 그걸 막아주길, 지푸라기라도 잡고 싶었을 것이다.

가시 있는 나무가 액운을 막아주리란 바람은 우리나라에만 한정된 것이 아니다. 중국에서는 가시 있는 산사나무가 귀신을 쫓는다고 생울타리로 많이 심었고, 영국에서는 산사나무를 퀵quick=(living alive) 또는 퀵 셋quick set이라 부르는데 살아 있는 나무를 울타리로 이용하는 데서 시작되었다. 5월을 대표하는 나무가 바로 산사나무(May)인데 '벼락을 피하는 나무'로도 알려져 있다. 1920년 120명의 청교도들이 대서양을 넘는 험한 경로를 타고 간 배의 이름이 산사나무 이름을 딴 '더 메이플라워The may-flower'이다. 산사나무 이름으로 벼락을 피해 항해가 무사하길 빌었다. 빨간 열매가 달리고 잎 모양에 가시를 품고 있는 상록수인 홀리holly(서양호랑가시나무)도 이와 비슷한 용도로 썼다.

산사나무나 호랑가시나무나 모두 예수님 가시관의 재료로 여겨지고 있다. 크리스마스 장식나무로 상록수인 호랑가시나무를 쓰는 것은 당연한 일이었다. 하지만 가시를 가졌다고 무조건 막고 내치는 역할만 하는 것은 아니다. 하늘 위 맹금류가 빙빙 돌면 참새나 뱁새는 탱자나무나 가시 많은 덤불 속으로 쏜살같이 도망을 간다. 가시 있는 나무들은 외적을 막아주기도 하지만 새처럼 작은 생명체들은 오히려 품어주고 보호해 주는 고마운 나무다. 겉으로는 엄격하지만 속으로는 따뜻한 내유외강의 모습이랄까.

탱자나무를 키우면 호랑나비가 이 나무에 알을 낳으러 날아온다. 새들이 그 속에 둥지를 만들고, 세찬 바람도 숨이 죽을 수밖에 없던 탱자나무 생울타리를 이제는 보기가 무척이나 어려워졌다.

옛날엔 나무를 심을 때면 기능뿐 아니라 의미를 생각하며 심었는데 요즘의 선택 기준은 무엇일까. 꽃이 아름다운 나무? 혹은 잘 자라는 나무? 학교 교문 입구에 탱자나무를 심어 놓으면 좋겠다. 가시가 많아 생울타리로 권할 수는 없지만 탱자나무 몇 그루 정도는 키우면서 그 상큼한 탱자 열매 향기를 맡을 수 있게 하는 것은 어떨까? 도심에 그 흔해 넘치는 장미 대신 찔레나무를 풍성하게 심어 하얀 찔레꽃과 그 향기를 도심에 풍기게 하는 것은 또 어떨까? 장미보다 찔레꽃향기가 훨씬 더 향기롭다는 것을 아는 아이들은 지금은 얼마나 될까 모르겠다.

우리 정서를 담은 노랫말에 찔레꽃이 그리 자주 나오는데도 우린 붉은 장미만 잔뜩 심어 키운다. 키우는 나무는 그냥 관상만이 아니라 우리 마음 속 정서와 연결되어 어루만지는 역할도 한다. 어떤 나무와 꽃이 우리 마음과 정서와 대변해 주고 있는 걸까?

정원, 개인의 밀실이자 파라다이스

주말에는 비가 흡족하게 내렸다. 부슬비가 오고 있었지만, 안개가 하도 신비로이 요요하길래 집을 나섰다. 차창에 부딪치는 비가 점차 잦아들더니 내원사 계곡에 도착할 무렵에는 완전 그쳤다. 주차장에는 차도 몇 대 없이 한적했고, 불어난 물들이 아주 시원스레 내려오고 있었다. 수도 없이 가파르게 쏟아져 내려오는 물들이 뒤섞여 사이다가 콸콸 쏟아지는 듯했다.

물가엔 버들강아지가 벌써 소복이 눈을 틔우고 있었고, 높은 바위 봉우리는 막 구름을 걷어내고 있었는데 쏟아지는 아래 허연 물과 묘한 조화를 이루고 있었다.

산을 오르는 사람이 나 혼자 같았다. 개울 중간에 앉은 7~8평은 족히 될 만한 바위를 본다. 이런 바위들은 언제 어디서 굴러 왔을까? 저 자리까지 바위를 굴린 물은 언제 적 물이었는지… 저 바위는 개울 안이 자기 영토인 양 편안하고, 바로 곁 때죽나무도 바위 키를 넘게 자

봄비에, 겨울을 무사히 넘긴 대나무잎들과 막 생기를 되찾은 이끼색이 싱싱하게 어울린다.

라고 있었다. 자연은 변화무쌍하고 언제나 사람이 상상하는 영역을 뛰어넘는 광경을 보여주는지라 볼 때마다 생동감이 넘친다.

사람이 다니는 등산로 쪽은 봄꽃을 발견하기 힘들었다. 물이 불어난 개울 건너편에서 찾아보기로 하고 수면 위로 올라온 돌들을 아슬아슬하게 건넜다. 물이 흘러 내려오는 숲바닥 곳곳에 샛노랗고 속은 빨간 노박덩굴 열매들이 흐트러져 있고, 바짝 말랐던 낙엽들이 봄비에 젖어 마치 보이차 같은 곰삭은 향기를 내었다. 숲은 이제 막 봄의 태동을 시작하는 듯했다. 시각을 미시적으로 바꾸어 땅바닥을 꼼꼼히 훑어본다. 아직은 이른 철인가? 잠시 앉아 커피 한 잔을 마시고 나니 거짓말처럼 꿩의바람꽃, 노루귀꽃, 얼레지 잎이 땅을 뚫고 일어서는 모습이 보인다. 두어 시간을 몰입해 사진 찍으며 노닐다가 내려가는 길에, 봄꽃 찾으러 올라오는 사람들과 마주치기 전까지 그곳은 나만의 '시크릿 가든'이었다.

우리는 흔히 빙하기가 물러가고 농경역사와 농업문명과정이 자연스레 온 것으로 알고 있지만 농경보다 앞선 것이 원예, 즉 '마당에서 가꾸는 경작'이었다는 사실을 지나치기 쉽다. 물론 농업이 발달하기까지 '사냥'과 숲을 불태워 '처음으로 경작'했다는 것은 시간순서를 밟아 온 것이 아니라 한동안 동시대에 걸쳐 같이 진행한 행위였을 것이다. 사냥꾼들이라고 해서 고기만으로 다 충당되지는 않았을 것이고, 나무 열매나 곡식 알맹이를 따먹거나 땅속에 묻혀 있는 뿌리를 캐는 일이 더 안정적이었다. 이것도 주변 동물들 행동을 유심히 관찰하고 모방한 결과였다. 호모사피엔스는 무엇보다 모방과 학습 능력이 남다른 종이었다.

원예는 바깥세상에서 들여온 새 식물은 자기 마당에 먼저 심고, 식물생태와 번식을 지켜보며 아름다운 꽃이나 향기, 먹을거리로 약성 등을 관찰, 확인한 것이 밭에 대규모로 심어지는 과정을 거치게 된다. 중세 농노제 영주가 사는 장원 내 특별한 땅은 정원이자, 식물 재배 시험 공간이었다. 아무나 접근할 수 없는 비밀 정원처럼 다듬어지지 않고 먹을 수 있는 식물이 자라며, 꽃이 피어나며, 유용한 식물을 돌보며 잡초를 솎아내고 가물 때 물도 주며 식물생태를 관찰하고 수확량을 올리는 방법을 연구했던 것이다.

오래전 고대 인간들이 오직 실용적인 이득만으로 정원 식물을 선택했다고 지레짐작하는 것도 잘못된 해석이다. 인간은 처음부터 공상가이자 예술가이며 종교적인 심성을 가지고 있었다. 라스코 동굴 벽화를 그린 막달레니안 문화를 살던 원시인들이 얻은 이득은 과연 무엇이었을까? 그들에겐 다양하고 많은 짐승들이 그들 삶을 풍요롭게 만드는 근원이었고, 다분히 주술적인 기원을 벽화로 남긴 것이었다.

식용 식물, 향신료, 제의에 쓰는 향기롭거나 아름다운 꽃이나 환각을 일으키는 식물, 병을 치료하여 상징성이 강한 식물들이 먼저 이들의 정원을 채웠을 것이다. 태초 정원은 풍요로운 황금기에서 영감을 얻은 낙원을 실제 만들어 보려는 시도였다고 볼 수 있다. 낙원을 뜻하는 파라다이스paradise라는 말은 페르시아말로 '둘러싸인 것, 고립된 것'을 의미하는데 한정된 공간이어야 사람이 가꿀 수가 있었던 것이다.

정원은 또한 많은 사상가나 문인들의 밀실 공간이었다. 복잡하고 잘 짜여진 집단생활 속에서 개인이 자유로이 움직일 수 있는 공간을 찾기란 쉽지 않다. 개인 정원은 자기만의 계획으로 식물을 이리저리 옮기고 씨앗을 뿌리고 잡초를 매준다. 가지치기나 뿌리 뽑기, 흙 뒤엎기를 통해 파괴 본능을 충족시키고 창조적 기쁨이 넘치는 일들을 벌일 수 있다. 그 무성했던 작물의 잔해가, 가축의 분뇨가, 집에서 나온 잔반 등이 비와 바람, 흙에 의해 점차 썩어 스며들면 새 생명을 키우는 거름이 된다. 자연의 순환, 소멸, 재탄생, 생명의 자람을 느끼며 작은 공간이나마 창조주 같은 기쁨을 느끼며 깜빡 잊었던 자연 속 존재임을 깨닫게 된다.

작은 공간으로나마 이런 순환의 질서를 체험하는 공간을 가지고 있는 자와 그렇지 않은 자는 마음 생태계 안정에 큰 차이가 난다. 실내 생활로 둔감해진 감각을 깨우는, 외부 날씨와 연결되고 생명체를 키우는 관찰과 판단, 그리고 적절한 관여로 식물을 풍성하게 키우는 재미를 찾는 것이 좋다.

수많은 자극과 자기 질서의 창조가 원예로부터 일어난다. 신경쇠약을 앓았던 버지니아 울프가 시골에 내려가 창작에 영감을 얻었던 '몽쿠스하우스'가 그러했고 헤르만 헤세도 거주지를 옮길 때마다 정원을 만들었다. 헤르만 헤세에게 정원은 문명을 벗어나 자연의 리듬을 찾고 혼란과 고통에 찬 시대를 살아가며 영혼의 평화를 지키는 장소였다. 세상과 일정 거리를 두며 은둔하는 삶을 살면서 열정적으로 창작 글을 세상에 내놓는 마루야마 겐지는 자신의 정원을 '소우주'라고 불렀다.

　사람은 흔히 무료함을 가장 힘들어하는 존재이다. 파스칼이 『팡세』에서 토끼사냥을 나가 하루종일 토끼를 쫓는 본성은 바로 무료함을 극복하기 위한 재미를 찾는 데 있다고 언급했다.

　자연과 상생하며 언제나 그 변화를 보며 생기와 에너지를 얻었던 인간들은 이제 자연과 너무 멀어졌다. 그 허하고 무료한 빈자리를 소비가 대신하지 않도록 조심해야 한다. 화분을 이용하든 재활용품을 이용하든 흙만 있으면 창조의 기쁨을 주는 식물과 친해질 수 있다.

종교 속 나무

우리 풀꽃이나 나무에 관한 전통설화 내용은 사랑하는 사람을 그리워하다, 혹은 억울하게 죽은 이를 묻는 자리에서 돋아 나왔다는 것이 대표적 구조이다. 특이한 것은 죽은 이가 대부분 여자라는 사실이다.

동백나무도 슬픈 이야기를 품고 있다. 바다로 나간 남편을 기다리다 지쳐 병든 아내가 죽어서 동백나무가 되었다는 전설이 바닷가나 섬마을에 많다. 나무에 피는 꽃을 여자로, 또 나무는 인간이 먹을 과실을 풍성히 생산하는 여신의 화신이었다는 고대세계 믿음에 닿아 있는 것은 아닌가 생각한다.

"여기 이 자리에서 내 몸은 메말라도 좋다. 가죽과 뼈와 살이 없어져도 좋다. 어느 세상에서도 얻기 어려운 저 깨달음에 이르기까지는 이 자리에서 죽어도 일어서지 않으리!"

산딸나무. 예수 십자가 나무는 비중이 엄청 무거운 산딸나무류로 알려져 있다. 성당, 수도원, 수녀원 등 종교시설에 많이 심어 키운다.

청년 싯다르타는 전정각산前正覺山('정각을 이루기 전에 계셨다'는 뜻)을 내려와 보리수菩提樹나무 아래 자리를 잡았다. 마침내 싯다르타가 도를 깨친 곳이 나무 그늘 아래라는 것은 상징적이다. 인도에서는 큰 나무 그늘 아래에서 좌선하는 것은 흔한 일이라고 한다. 나무가 몬순의 비와 따가운 햇볕을 가려주는 혜택도 있지만, 오히려 전통적인 나무 숭배를 비롯한 여러 가지 종교적 의미와 맞닿아 있는 것은 아닐까 싶다. 뽕나무과 피팔라Pippala라 불리는 이 인도보리수나무는 원래 산스크리트어로 '보디 드루마Bodhi druma(깨달음을 얻은 나무)'인데 한자음을 빌려와 보리수菩提樹가 되었다.

기독교가 확산되는 전후에도 유럽에서 전통적인 신앙은 나무 숭배였다. 이는 나무들이 험난한 환경에 맞서 오랫동안 강인하게 살아가는 모습으로부터 받은 감동에 기인한다고 본다. 초기 기독교 시대에는 유럽의 많은 지역에서 이교도들이 완강하게 버티고 있었다. 일부 북부지방 부족들은 기독교가 단단히 뿌리를 내린 뒤에도 거의 천년 동안 기독교를 받아들이지 않았다. 스웨덴이 기독교를 받아들인 것은 12세기가 되어서였고, 중부 유럽 곳곳에서는 600년 전까지도 이교도 색채가 뚜렷했다. 스웨덴 왕들은 9년의 재위 기간이 끝나면 처형을 통해 죽음을 맞이했고, 고대 로마 통치자들도 전대 국왕을 처형한 뒤에야 국왕의 자리에 올랐다고 한다.

왕이든 백성이든 희생된 자는 칼에 찔려 죽은 뒤 나무에 매달렸으며, 신성한 나무가 새로운 생명력을 받도록 그들 피는 신성한 땅으로 흘러내리도록 했다고 한다. 하느님의 아들로 온 예수가 나무로 된 십자가에 못 박혀 죽음에 이른다는 것은 이런 제의적인 전통과 관련이 있는 것은 아닌지 모를 일이다. 그 피가 흘러 죽은 십자가 나무가 다시 살아난다는 부활의 상징을 담고 있을지도 모른다. 성서를 연구하는 학자들이 그 십자가 나무가 '산딸나무'일 것이라는 주장은 산딸나무 비중이 아주 무겁기 때문이다. 꽃잎처럼 보이는 총포(꽃덮개)가 4장인 것도 그런 주장에 신빙성을 더한다.

"에덴동산에는 신성한 두 그루의 나무가 있었다. 하나는 생명의 나무 이고 또 하나는 지식의 나무였다. 야훼 하느님께서는 동쪽에 있는 에덴 이라는 곳에 동산을 마련하시고 당신께서 빚어 만드신 사람을 그리로 데 려가 살게 하셨다. 야훼 하느님은 보기 좋고 맛있는 열매를 맺는 온갖 나 무를 그 땅에서 돋아나게 하셨다. 또 그 동산 한가운데는 생명나무와 선 과 악을 알게 하는 나무도 돋아나게 하셨다."

- 창세기 2:8~9

성서에 따르면, 지식의 나무는 죽음을 주고, 생명의 나무는 영생을 준다고 한다. 창세기 저자가 내놓은 해석에 따르면, 아담은 지식나무 열매를 먹으면 고통스러운 죽음을 맞이할 것이라는 경고를 받았지만 아담과 하와는 뱀의 유혹을 받아 결국 그 나무 열매를 따 먹게 된다. 이후 인간이 추구한 지식은 통합적 합일 상태인 생명의 지식, 즉 자연 속 조화로운 삶을 벗어나 지배, 정복하려는 단편적이고 이기적 욕망 을 부추기는 것이었다.

에덴동산은 맑은 물이 흐르고 열매도 풍성한 자연과 조화를 이루는 땅이었을 것이다. 인간의 탐욕으로 선악과 분별이 생기고 신의 위치를 넘보려는 인간 문명에 대한 욕구가 현재 문명사회를 만들었다. 우리 스스로를 자연으로부터 분리시켜 과학기술과 문명을 이룩했지만 더 큰 불안으로 이끌었다. 지금은 태어날 때부터 도시 인공 환경에서 태어나 우리 의식은 각박하게 재생산되고, 자연질서로부터 얼마나 멀어졌는지도 모르는 시대를 살고 있다. 자연과 식물에 대한 개별적 지식은 그 식물을 대상화, 기능화시켜 식물 자체가 갖는 자연스러움과 아름다움을 보지 못하게 만든다.

자연 속에서, 내 몸 생명 활동은 모두 자연 과정과 우주 현상과 연동되어 있다는 생각으로 오염되지 않은 음식과 물과 공기만 먹어도 병든 사람이 저절로 낫는다는 것은 산림치유가 증명한 바이다. 원래 '생명의 나무' 였던 산딸나무를 '지식의 나무' 로 전락시켜 '속죄의 형틀' 인 십자가를 지고 있다. 그 나무 십자가는 부활을 통한 '생명의 나무' 로 구원을 받을 수 있다는 믿음이 아니었을까? '죽음의 나무' 에 어떻게 해야 꽃이 피고 풍성한 과일을 매달 수 있을까?

나무가 가진 신화성

수렵, 채집인들은 처음에는 오로지 실용적인 방식으로 나뭇잎과 뿌리를 식량으로 삼았을 것이다. 목재를 도구와 무기와 보금자리를 만드는 용도로 활용하며 먹어도 괜찮은 식물인지 어떤지 동물의 습생도 관찰하고 경험을 쌓아가며 하나하나 먹을거리로 삼았을 것이다.

여러 번 비극적인 일들이 반복되면서 수렵, 채집인들은 먹을 수 있는 것과 없는 것을 분간할 줄 알게 되었고, 어떤 식물이 치통이나 두통을 해결해 주는지, 상처가 났을 때는 어떤 나뭇잎이나 이끼를 통해 출혈을 막을 수 있는지, 또는 상처를 빨리 낫게 하는지를 알게 되었을 것이다.

하지만 식물에 대한 이용은 이에 그치지 않았다. 1960년 이라크 북부지방의 한 동굴에서 네안데르탈인 유골이 한 무더기 발견되었는데 적어도 6만 년은 넘은 것으로 추정했다. 그중 어떤 유골은 특별한 의식에 따라 매장된 것으로 보였다. 동굴은 꽃가루가 날아 올 수 없을

팽나무. 경이로움과 신성함은 이런 노거수에 깃드는데 점차 사라지고 있다.

정도로 깊었는데, 그 유골 주변에 수많은 꽃가루가 발견되어 그 시신이 꽃으로 둘러싸였다는 것을 암시했다.

이 유골에는 두 가지 특징이 있었다. 첫째는 체계적인 형식을 갖춰 매장을 했다는 점이다. 시신은 내던져진 것이 아니라 양손에 머리를 갖다 댄 태아 같은 자세를 취하고 있었고 주변은 원형으로 돌을 쌓아 시신이 벽감 안에 들어 있는 듯 보였다.

둘째는 함께 묻힌 꽃들 종류와 특성이었다. 그 꽃들은 현대의 약초 도감에서 다 찾아볼 수 있는 식물이었다. 염증이 생긴 상처를 치유할 수 있는 효과가 있는 솜방망이, 개쑥갓도 있었고 엉겅퀴와 무스카리, 접시꽃과 아킬레아Achillea 꽃가루도 있었다.

상처를 입고 죽은 사람에게 식물의 효능을 통해 부활하거나 저승에서 새로운 생명을 얻기를 기원하는 의식이었는지 모른다. 식물은 이렇게 실용적 기능을 넘어 문화, 제례를 이끄는 매개물이었고 현재도 그렇다.

또한 인류는 특정한 식물이 육체의 한계에서 벗어나게 하는 능력을 증가시키고, 평소에는 보이지 않는 것을 볼 수 있게 하는 힘을 지니고 있다는 것을 초창기부터 알고 있었다. 오늘날 우리는 이런 것을 단순히 환각물질이라 부르지만 원시인들에게는 엄청난 마력이 그 식물을 지배하는 것으로 보았다.

나무도 이런 풀과는 다른 방식으로 신비한 분위기를 만들었다. 긴 수명과 엄청난 크기로 자라는 든든함 때문에, 특수한 정신적인 속성을 부여받게 되었고, 거기에 온갖 미신과 금기가 생겨났다.

서기 200년대에 살았던 팔레스타인 철학자이자 작가이며, 엄격한 채식주의자이기도 한 포르피리오스는 원시인에 대한 간결한 관찰 기록을 남겼다. 그는 원시인들이 불행한 삶을 살았다고 단정 짓는다. 원시인들의 미신이 동물에게서 그치지 않고 식물에까지 뻗어 있었기 때문이라는 것. 원시 시대 수렵, 채집인들은 나무에 정령이 머문다고 생각했다. 나무에도 영혼이 들어 있다고 하면, 전나무나 참나무를 쓰러뜨리는 것이 소나 양을 살육하는 것보다 더 고통스러운 일이 될 수도 있었다.

여러 가지 이유로 나무를 베어야 했지만, 나무는 정령이 깃들어 있는 곳이라 도끼는 전쟁에서 무기가 되기 훨씬 전부터 신성한 도구였다. 죽음과 재생을 잇는 역설적인 연결 수단으로 여겨졌다고 한다. 오스트레일리아 원주민들은 속이 빈 나뭇가지로 만든 긴 관을 이용해 시신을 매장하는데 이런 과정은 죽은 자의 영혼이 지상에서 천상으로 올라가는 데 쓰이는 상징적인 사다리로써 거대한 나무를 본 것이라고 짐작하고 있다.

우리나라도 2014년 9월에 수목장에 대한 법률이 만들어져 실시되고 있다. 물론 화장을 한 골분을 나무 곁에 묻는 것이지만 그 상징은 원시인들의 신화에 바탕을 둔 정서와 닿아 있기도 하다. 물론 얼마나 친자연적인 방식으로 상업성이 배제된 채 순수하게 진행될 수 있는지 의문이 들긴 하지만 그 방향과 흐름은 맞아 들어가는 추세라고 생각한다.

이탈리아의 부부 디자이너 안나 시텔리Anna Citelli와 라울 브레즐

Raoul Bretzel이 개발한 '캡슐 문디Capsula Mundi' 라 불리는 '친환경 매장법' 이 미국 일간지 〈워싱턴 포스트〉에 실려 화제가 되었다. 언뜻 수목장을 떠올리게 하는 이 방법은 시신이 들어 있는 달걀 모양의 캡슐이 100% 흙에 분해되는 전분 성분 플라스틱으로, 땅에 묻히면 자연스럽게 스며들어 거름 역할을 한다고 한다. 아직 이런 매장법이 당장은 불법이라 시행은 못하지만 수렵, 채집인들의 생각에 점점 더 가까이 가는 것이라고 할까. 죽어 영양분을 주고 나무 한 그루로 다시 태어나고 싶다는 소원이 곧 이루어질 수도 있겠구나 하는 생각도 든다.

정서적 유대를 잃은 우리들

우리 일상에는 '야생의 것'이 얼마나 남아있을까. 산을 오르면서 마시는 숲에서 나오는 다양한 냄새들, 솔잎 냄새, 여러 향이 어우러진 싱그러운 냄새, 그리고 낙엽이 삭아가는 냄새 등등이 섞여 자연 야생 향기를 만든다. 도시에서는 도저히 맡을 수 없는 냄새들이다. 산길을 지나다 마주친 샘물 맛은 또 어떤지? 바닥에 깔린 모래 입자가 금세 들어올 것 같은 보잘것없는 샘물이지만 생수나 수돗물에선 만날 수 없는 싱그러운 물맛이다.

도시인들에게 익숙한 냄새는 차량이 내뿜는 배기가스 냄새와 간간히 나는 공단의 악취일 뿐, 자연의 향기는 거의 없다. 공사 중인 건물 옆으로 지나가면 건물에서 나오는 시멘트 냄새, 도색하느라 뿜어대는 유기용매의 냄새도 많이 난다. 이럴 땐 숨을 참으며 그곳을 빠져나가려 한 적도 한두 번이 아니다. 도시 생활은 인공적인 냄새로 후각 자체에 대해 무감각하게 만든다. 그 맑은 공기를 마음껏 마실 수 있는

어떤 이에겐 야생자연은 낯설 수 있지만 새로운 정서적 유대를 끌어낼 수 있는 장소다.

숲속과는 딴판이 되고, 사람들은 살고 있는 일상 주변환경으로부터 도피하고픈 불안한 관계를 유지하고 있다.

원시인류로부터 세상 모든 것에 신성神性과 생명이 있다는 생각은 어느 누구에게나 같은 것이었다. 바위, 나무, 흙, 구름, 산, 물고기, 새, 노루 등등 모든 자연물에는 골고루 자연의 신성이 녹아들어 있고 비생명과 생물 구분 없이 생명의 기가 들어있다고 여겼다.

이는 자연생명체는 큰 틀로서 연결되어 존재하고 어느 것 하나 분리될 수 없다는 생각에 기초했다. 가이아 이론처럼 지구는 지각, 맨틀, 외핵, 내핵을 가진 지구과학처럼 쪼개어 분석되어야 실체를 알 수 있는 존재로 보지 않았다.

전체가 맞물려 돌아가는 유기체와 같은 큰 생명체로 보았으니, 집을 짓거나 밭을 일구거나 생긴 대로 지형을 이용하고 자연 질서에 맞추어 살려고 했던 것이다. 인간이 자연과 공존한다는 말은 오만한 말이 아닐까? 인간은 없고 식물만 번성하던 시절이 몇억 년 이어졌으니 인간은 식물이 오랜 진화 과정에 낳은 자식에 불과하다. 인간은 자연에 딸린 존재이지 결코 대자연과 동격으로 볼 자격이 있는 것이 아닌 것이다. 인간의 문명은 그 어머니 자연숲을 파괴하면서 시작된 것이니 인간 스스로 자연 환경과 정서적 유대를 오래전부터 끊어버린 것이다.

빅토리아시대 멘델과 켈빈이 열었던 과학에 의해 기계론적이고 환원주의(다양한 현상을 하나의 기초 원리나 개념으로 설명하는 방식, 관찰이 불가능한 이론적 개념이나 법칙을 직접적으로 관찰이 가능한 명제命題의 집합으로 바꾸어 놓으려는 실증주의적 경향)적 접근법을 사용한 생물학은 생명을 설명하기를 회피했다. 몸은 하나의 기계이며, 화학과 전기의 문제라고 본 것이다. 생각은 컴퓨터 같은 두뇌 부산물에 지나지 않는다는, 진화도 우연과 화학의 결합과 다름없다고 보았다. 기계 속에 영혼이 있을 수 없으므로 인간의 격도 마침내 기계와 비슷한 수준으로 떨어지고 만다. 이런 세계관은 지구 전체를 인간이 이용할 잠재적인 자원으로 여기고 자신마저도 자원으로 인식(당)하는 자가당착에 빠지게 되었다.

'사랑', '교감'이란 말처럼 지나치게 많이 써버려 탈색된 단어도 없지만, 인류는 오래전부터 지구상 모든 것들과 교감을 경험했던 시절이 있었다. 원시부족이나 인디언들은 세상의 모든 자연과 합일을 경험하고 이해했으며, 비인간 세계와 영혼의 정수를 나누는, 깊은 상호작용을 삶의 자연스러운 일부로 받아들였다. 이것이 바로 세상 모든 사물에는 영혼과 같은 영적, 생명적인 것이 두루 퍼져 있으며, 삼라만상의 여러 가지 현상은 그것의 작용이라고 믿는 애니미즘animism이다.

한때 세상의 모든 생명체와 나눴던 이런 교감을 요새는 반려동물을 통해 대리 충족하는 것 같다. 강아지나 고양이, 이따금씩 마주치는 자연생명체에게서 정감을 느끼고, 정원이나 텃밭 등 식물과 관계 속에서 대리만족하기도 한다.

하지만 길들여진 동물과 식물, 인위적인 조경은 야생의 그림자에 불과하다. 길들여진 것들과 교감으로 위안을 받기도 하지만 야생세계와 나누었던 전반적인 교류에 비하면 보잘것없다. 이것은 마치 사라진 늑대와 애완용 개가 뿜어내는 에너지가 질적으로 다른 것과 같다.

야생생명체와 교감을 상실한 현대인들은 그 본질상 내적으로나 외적으로 깊은 상처를 입었다. 모든 생명들과 정서적 유대감을 느끼거나 나누지 못하게 되자 지구 위 더 많은 생명체에 대해 관심을 기울이지 못하게 되었다. 환경은 더 황폐해지고, 우리 내면도 더 삭막해졌다.

부족하나마 실내 화분에 심겨진 식물을 보거나 널따란 잎을 쓰다듬을 때 느끼는 그 위안은 생각보다 깊은 시원을 가지고 있다. 인간은 스스로 문제를 해결하는 독립적이고 주체적인 인간을 칭송하지만 그가 얻은 용기와 위안마저도 끈기 있게 오른 야생의 산이며 자연의 숲으로부터 받은 경우가 많다.

나무 한 그루와 동무

한때 산골에 살았을 때 이야기이다. 아궁이에 불을 아무리 넣어도 따뜻해지지 않아 늦가을에 작정을 하고 구들을 손봤다. 이 집에 살던 할머니가 구들이 따뜻하지 않자 그 위에 보일러를 깔았던 모양이다. 원래 구들을 살리고 싶어 물 호스를 들어냈다. 방바닥에 깔린 흙이 생각보다 많이 나왔다. 집이 앉은 자리가 축담이 제법 높았는데 그 앞에 깔아두고는 작은 꽃밭을 만들었다.

야생초들이야 밭에서 키우고 있었으니 그 꽃밭에는 섬초롱꽃, 두메부추, 돌나물 등 나물로 먹을 것 위주로 심었다. 나무도 한 그루 심었는데 바로 '납매蠟梅'였다. 납매는 중국이 원산지로 밀랍蜜蠟처럼 밝은 노란색의 불투명한 꽃이 피고 막 벌어지는 매화처럼 꽃이 피는 모양이라 납매라는 이름을 얻었다 한다. 또 납월臘月이 음력 섣달(12월)이니 그때 꽃이 피어서 납매臘梅라고도 한다. 음력 12월이면 양력으로 1월~2월이니 매화보다 무려 보름에서 한 달 먼저 피는 꽃이었다.

납매. 꽃잎은 밀랍 같은 빛으로 냉기에 얼어가며 피어난다.

당시는 야생초를 키워 꽃밭이나 어린이 자연체험장을 만드는 업으로 살아가던 시절이라 꽃이 없는 겨울은 무료하기 이를 데 없었다. 나목 가지의 섬세함으로, 눈이 오면 눈꽃의 아름다움으로 위안을 삼다가도 무미건조한 마음은 '갈 때까지 다 간 상태'가 된다.

'처음 피는 꽃'을 만난다는 것은 이토록 사람 애간장을 다 녹이게 하는 것이다. 게다가 매화보다 한 달 먼저 피우는 꽃이라니… 납매라는 식물이 생소하기는 했지만 일찍 핀다는 것으로 모든 것을 다 뛰어넘는, 기다림의 대상이 되었던 것이었다. 작은 꽃에서 품어 나오는 향기는 또 얼마나 달콤한지… 마당과 집 입구를 지나 삽짝까지 향을 내었다.

어디서나 봄을 부르는 향기를 남보다 먼저 맡으려는 이들이 있게 마련. 해마다 꽃이 피면 알려 달라는 지인도 있었다. 어디 꽃만 보러 오는 것이겠나.

꽃이 피면 달려와 봄볕 좋은 툇마루에 앉아 막걸리 한 잔 곁들이며 그 향기를 같이 나눌 때도 있었다. 이제 그 춥고 기나긴 겨울이 달짝지근한 납매 향기에 서서히 물러날 시간이 된 것이다. 새벽과 저녁의 일교차가 커서 아직은 쌀쌀해도 이제 곧 봄이 온다는 것을. 꽃샘추위도 만만한 것은 아니다. 미련이 남은 듯 여러 번 다시 찾아오고 납매 꽃잎은 얼었다 풀렸다를 반복하곤 했다.

지리산 자락에 사는 어떤 이는 소박한 '철쭉제'를 연다고 들었다. 마당에 제법 큰 철쭉이 한 그루 심겨 있는데 그 꽃이 피는 시기에 맞춰 지인을 몇 명 초대해 자그마한 행사를 연다는 것이다. 소박하면서도 잔잔한 감동이 밀려오는 일이었다. 누구는 '그게 뭐야' 하고 비웃을 수도 있겠지만 그 행사에 오는 사람들은 한 그루에 피는 꽃을 보고, 기다렸던 봄을 보고 이 세상 우주를 다 보는 것 같은 깊은 존재감을 느낄 수도 있으리라. 그 꽃 한 그루를 보러 그 멀리서들 달려오다니… 하지만 진짜 마음은 꽃 핌을 핑계로 꽃보다 더 아름다운 동무를 만나고픈 마음이었으리라. 전국 곳곳에 광활한 면적에 수백 만 그루의 철쭉이 피어나는 것을 자랑하지만 그에게는 딱 한 그루 철쭉이면 세상의 어떤 철쭉제보다 더 아름다운 자기만의 철쭉제를 열 수 있었던 것이다.

대구 근대거리 근처 북카페인 '라일락뜨락1956'은 일제강점기 「빼앗긴 들에도 봄은 오는가」로 유명한 이상화 시인의 생가로 뒤늦게 밝혀졌다. 이는 전적으로 주인인 권도훈 대표가 이 집 마당에 200년 이상 자라고 있던 라일락 나무 한 그루에 홀딱 반하고부터이다.

처음 이 '라일락뜨락1956'을 찾던 날 나무는 용트림을 하는 모양새로 비스듬히 누워 있었는데 그 크기에 놀랐다. 주인이 애지중지하는 나무였지만 한눈에도 건강상태는 나빠 보였다.

안타까운 마음에 지나는 말로 "혹시 미원을 희석해서 잎에 한 번 뿌려 보세요." 하고 제안했다. 옥상 텃밭을 하면서 미원을 희석해 주면서 성장력이 좋아지는 체험을 하던 중이어서 그런 말을 건넸다. 두 달 뒤 다시 북카페에 갔더니 전보다는 훨씬 건강해져 있었다.

주인은 내 말대로 처방을 실행해서 도움이 되었다고 너무 고마워했다.

이상화 시인 생가 '라일락뜨락1956' 라일락 나무

딱 한 그루 나무. 자신이 언제나 오가면서 볼 수 있었던 마당에 심긴 나무 한 그루는 나무 그 자체 이상이었다. 오가면서 언제 꽃이 피고 언제 새순이 나고 언제쯤 씨앗이 영그는지, 또 언제쯤 단풍이 들어 낙엽이 떨어지는지, 그 모든 과정에 안부를 묻는 존재였다. 작년보다 한 일주일 앞당겨 꽃이 피는 날에는 올해 봄은 좀 일찍 올 것임을 짐작하는 것이다. 꽃 피는 때를 궁금해하고 찾아오는 사람은 많을 필요가 없었다.

자연의 존재, 살아있는 식물들은 그 변화무쌍한 변신으로 문득 자신을 되돌아보게 하는 묵묵한 동무 같은 존재였다. 밤에 달이 휘영청 밝은 날에 날리는 향은 나만이 느꼈던 감흥이었다. 어느 누구보다 내 마당에 심겨진 나무는 각별한 존재였다. 예부터 섬세한 이들에겐 그런 마음을 알아주는 이가 드물었던 건 시대를 초월했던 모양이다. 벗을 기다리는 마음을 노래한, 조선 후기 선비 김창업이 지은 시가 있다.

"거문고 줄 꽂아놓고 홀연히 잠에 든 제
시문견폐성柴門犬吠聲에 반가운 벗 오는고야
아희야 점심도 하려니와 탁주 먼저 내어라"

- 시문견폐성: 사립문 여는 소리에 개가 짖다

거문고는 지음知音의 고사를 떠올리게 한다. 오랜만에 오는 동무를 더 오래 머물게 하려고 술부터 권한다. 한동안 만나지 못한 동무가 어떤 생각인지 듣고 싶은 이야기가 많은 것이다. 마음과 능력을 알아주는 사람을 만나지 못하면 제 아무리 뛰어난 재주를 가졌어도 무용지물이다. 그래서 "선비는 자기를 알아주는 사람을 위해 죽는다." 거나, "세상에 태어나 한 사람의 지기를 얻는다면 충분하다." 는 등 비장한 말들이 나왔다.

세상에 다 통할 수 있는 마음도 없는 것이고 그런 지인 한둘이면 세상은 살 만하다. 자기 정체성, 솔직한 자기 마음의 깊이가 먼저 만들어지고 드러나야 이루어지는 일이기도 하겠다.

식물에게 배우는 인문학

1판 1쇄 발행 | 2021년 12월 30일
1판 2쇄 발행 | 2022년 5월 20일

지은이 | 이동고
펴낸이 | 신중현
펴낸곳 | 도서출판 학이사

출판등록 : 제25100-2005-28호
주소 : 대구광역시 달서구 문화회관11안길 22-1(장동)
전화 : (053) 554~3431,3432
팩스 : (053) 554~3433
홈페이지 : http:// www.학이사.kr
전자우편 : hes3431@naver.com

ISBN_979-11-5854-340-2 03810

울산광역시 울산문화재단
이 책은 울산문화재단 2021 울산예술지원 선정사업의 일환으로 발간되었습니다.